OVIS NOVELS
オヴィスノベルズ

熱砂のマイダーリン♡

Story by YUKI HYUUGA
日向唯稀
Illustration by MAYU KASUMI
香住真由

カバー・本文イラスト　香住真由

CONTENTS

熱砂のマイダーリン♡

それはとても不思議な出来事だった。


「お手洗いお手洗い…どこだろう？　お手洗い――あれ？　英二さん？」

超一流ホテルの大広間を使った、豪華絢爛なパーティー会場。

それに見合う各界の著名人や、大富豪たち。

そこに集まる何百人という人々の中から抜け出して、たまたまフロアに出たときに。僕は自分の恋人にそっくりな人に出会った。

「違う。そんなはずはない。英二さんは会場の中だ。しかも今夜のメインホストとして、お得意さまを接待中で…、こんなところにウロウロしているはずがない」

いや、厳密にいうならただ遠目でチラッと見ただけなんだけど…。

「それに普段着だったし…、微妙に若い？　英二さんより、少し下？　ってことは、間違いなく別人だよね」

僕はその瞬間、世の中にはこんなに似ている人っているの？

よく、同じ顔は三つあるとかっていうけど、あれって双子とか三つ子とかの話じゃないの？

他人の空似って、こういうことなの？

なんて、あれこれと思うぐらいに、最愛のダーリンに似ている人を見つけたんだ。

「でも、別人だと思うと、ますます似てる〜」

その眼差しは、ジリジリと身を焦がす灼熱の太陽よりも熱く。

その姿はサバンナを風のように駆け抜ける、豹のようにしなやかで。

「双子の弟の雄二さんよりも、英二さんに似てるなんて…、なんか変」

ワイルドでありながら、セクシーで。

力強さの中に、繊細さがあって。

「って、こんなこと言ったら、雄二さんいじけちゃうか」

まさに、熱砂の国に生きる獣を思わせる——美しくもタフで凜々しい王。

「いや、今度はじつはもう一人兄弟がいたのに、わけあって手放してたとかって、騒ぎになっちゃうかもしれない。って、さすがにそれはないか」

僕はそんな男の人を目にすると、ほのかに体温が上がるのを感じた。

「あれ？　もういない。夢だったのか？　いや、この場合は幻か？」

単に、彼を見たことでより強く英二さんの存在を意識したことから、自然と鼓動が高まっただけなんだけどね。

「でもま、だとしたら僕にとってはそうとう美味しい幻だから、ラッキーでいいか♡」

だから僕は身をひるがえすと、この高まる鼓動に急かされながらも、やっぱり本人が一番♡　って英二さんを見るために、ホテルの廊下を小走りした。

「早くお手洗いすませて、生を見に行こう〜、生を♡」

僕が抜け出した会場の中には、その場に君臨している英二さんがいる。

夢でも幻でもなく、現実の世界で若き王のように君臨している、熱の塊のような男がいる。

「ふふっ。英二さ〜ん」

熱砂の獣と呼ぶにふさわしい。

太陽の守護の下に生まれた男と呼ぶにふさわしい。

僕だけの熱き王が――。

1

僕こと朝倉菜月（16）が不思議な体験をしたのは、高校の一年も終了した、春休みに入って間もない日のことで。その前日はいつものごとくとーってものんびりとかつ、幸せな日々を送っていた。

「さってと!!　今日も頑張ってチャレンジするぞ!!」

なぜなら最強・最愛のマイダーリン♡　早乙女英二さん（22）とラブラブ同棲（いや、もういきがかりとはいえ結婚式までしちゃったから、新婚かな？）生活を堪能しつつも、同居人である双子の弟・葉月とともに、和気藹々と暮らしていたからだ。

「えーと、まずはボールに卵を二つ割って、えいっ!!　えいっ!!」

え？　なぜ新婚生活なのに弟まで一緒かって？

それはね。両親が海外出張で現在ロンドンに住んでいて、葉月も一度は向こうに移り住んだんだけど…。ちょっと前まで勘当されていた父さんの実家が、じつは英国大富豪・コールマン家（アルマダの海戦とかの頃から貿易で名を馳せていたという名家だそうで。当然のことながら、父さんはキラキラの英国紳士だ♡）だったために、いきなりジジイやババアに…いや、現コールマン家二十五代目当主のお祖父さまやその奥方のお祖母さまにとっ捕まって、「帝王学」とか「社交界デビュー」なんていうのをさせられそうになった。

そのうえ、日本に残っていた恋人の直先輩こと、来生直也（17）が交通事故に遭ったもんだから、心配で心配でプチンと切れて帰国を強行。

それで僕が扶養されている英二さんのところに、「ここしか行くところがないんだよー!!」って、転がりこんできたんだ。

ちゃっかりと父さんから預かってきた、養育費のつまった貯金通帳片手に。

全く父さんってば、自分も母さんと新婚気分を再び味わいたいもんだから、葉月を笑顔で送り出したんだ。しかもそのおかげか、今になって新しい兄弟まで作っちゃって。いくら二人ともまだまだ若いとはいえ、こっちが赤面しそうだよ。十六歳違いの弟か妹だなんて。

「あっ!!　また殻が入っちゃったよ。なんでこう僕ってば不器用かな？　まいっか。そのために一度ボールに落としたんだし…、殻を上手く箸でつまんで取り除けば」

でも、そんなこんなの事情で転がりこんだ葉月にも、英二さんはとっても優しいんだ。

普段は小姑根性丸出しの葉月とはガーガーやりあって、口喧嘩ばっかりしてるけど。心の奥底ではとても大事にしてくれて、しっかり保護者にもなってくれて、今では本当の兄弟のようだ。

直先輩でさえ気がついたら、身内同然の弟分だ。

「ってあっ!!　黄身を突ついちゃったよ。せっかく両目玉だったのに、壊れちゃった〜。しょうがないか、このまま焼いちゃえ。片目は残ってるし、これで勘弁してもらおうっと♡」

なのに、そんな楽しい生活の中で「この春休みには宿題がない!!」ってなったら、自然と浮かれてしまうのは止められない。

去年の夏と冬はお休み中にやり終えられなくて、エライ目に遭っちゃったから、よけいにね。

「フライパンを火にかけて、油をひいて〜。あとは温まったら卵を流して———と」

ただ、そうなったらそうなったで時間を持て余しちゃうから、僕は本当なら近所のスーパーで、この春休みはアルバイトをしようかな？　って計画していた。

いくら扶養されていて、家計費なんだか、おこづかいなんだかわからないお財布をポンって預けられて、金銭的不自由がないとはいえ、やっぱり自力で稼ぎたいし。

来月には英二さんの二十三歳のお誕生日もあるから、絶対に何かプレゼントしたいし。

それに、もうここの土地。英二さんのマンションがあったから越してきた、この南青山って土地にも十分なれてきたから。ここは頑張って働くぞ!!　って、履歴書まで書いて用意してたんだ。

「焦がさないように、弱火にしとこ♡」

けどそれは、英二さんに「頼むからそのバイトだけはやめてくれっ!!」「だったら料理の一つでも覚えてくれ!!」「もしくは、俺がお前に仕事をやる!!」って、あまりに必死に叫ばれてしまったので、今回は見送ることになった。

「あとはどんぶりによそったごはんに、刻み海苔をかけといて〜」

もちろん。なんで？　そんなに僕ってあぶなっかしいのかな？　って憤慨したから、最初は「やだ」って言った。「バイトする!!」って逆らった。

だって、僕だって実家（横浜）に住んでたときにはバイト経験があるんだから、問題はないと思うし。履歴書を持って行こうとしたところが、この春に開店したばかりのディスカウントスーパー・みかん堂という、偶然にも以前バイトしていたところのチェーン店だったから。仕事がわかってるうえに、やりやすかったんだ。

おまけに僕がお世話になってた店長が異動してきてたから、知り合いまでいて。これは鬼に金棒じゃん!! って、絶好のアルバイトだったから。

「これで半熟に焼きあがった目玉焼きをのせて、お醤油をかけたら目玉焼きどんぶりのできあがり～♡　へへっ」

でも、それが英二さんの反対した最大の理由で…。

「早く焼けろ焼けろ～♡　あ、蓋しとこ♡」

じつは葉月のやつが、「あの店長なかなか若くてイケてる男なんだよね～。なんていっても、昔から菜っちゃん大贔屓（ひいき）でさ～。こんなところで再会したら、運命だとか言い出したりしてね」ってふざけて言ったもんだから、猛反対を食らったんだ。

結局僕が折れたんだ。

ったく英二さんってば、こんなに僕が「英二さんしかいないよ!!」「英二さん命だよ!!」って、毎日しつこいぐらい叫んでるのに、変なところでやきもち焼くんだから、困ったもんだ。

僕が自立できない大人になったらどうするんだよ!!　って感じだ。

「そろそろかな？　あ、まだだ」

そうじゃなくても僕は、自分の将来とか考える前に扶養家族になっちゃってるのに。

おいおい僕ってば、このまま幼な妻から専業主婦になっちゃうの!?

家事なんかひとつもできないのに。いやいや、それよりこれでも朝倉家の長男として生まれてるのにさって、感じなのに。

これじゃあ英二さんにずっと、おんぶに抱っこの生活になっちゃうよ。

ゆくゆく就職まで「やめてくれー」なんてやられた日には、本当にさ。

「慌てない、慌てない」

そりゃ、英二さんが望むようにするのが嫌だってことではないし、やきもち焼いてもらうのは嬉しいことだ。

でもね、それでも僕は何かがしたい。

自分にしかできない何かを見つけたい。

でもって、自分の力で英二さんの隣に立つにふさわしい人間になりたい。

英二さんの力になれる、そんな英二さんだけのダーリンになりたい。

そんなふうに、思っているんだけど…。

「よう菜月、もう起きてたのか？」

なーんて考えていたら、ご本人の登場。

僕は満面の笑みを浮かべながらも、声をかけられたほうへと振り返った。

「早いな、まだ七時前じゃねぇのか？　あ？」

すると、キッチンの入り口にはベッドからそのまま抜け出してきたんだろう、ジーンズ一枚を身につけただけの姿の英二さんが、ちょっと眠た顔で立っていた。

『きゃっ♡　今日もカッコイイよ、英二さん♡　本当に毎日思うけど、この一瞬だけはドラマのワンシーンみたいだよ〜っ♡』

惜しげもなく晒(さら)された上半身は、さすがは自社モデルとはいえプロのモデルさんだけはある。

テレビドラマに出ませんか？　なんてスカウトまできちゃって、実際出ちゃった見目麗(うるわ)しいばかりの肉体美だ。

そのうえ、起きぬけの癖のように長めの前髪をかきあげ、しっかりと覗(のぞ)かせるワイルドでセクシーなマスクは、たとえ半分寝とぼけていてもメチャメチャカッコイイ♡

ビシリとしててもルーズにしてても、イイものはイイ!!　って、見本のようだ。

「春休みに入ってからやけに目覚めがいいみたいだけどよ、まさに怠(なま)け者の節句(せっく)働きか？」

でも、そんなポヤンとした表情が一瞬にして「ふふん」って意地悪になった。

もう、朝からそういうこと言う!!　って怒りたくなることを、英二さんはへーへーと言った。

「あ、おはよう英二さん。相変わらず朝からかましてくれるところが、英二さんだね。これでも僕、朝ごはん作りに頑張ってるのにさ」

けど、英二さんは「こういう顔」がまたさらにカッコイイから始末が悪いんだ。ナンパで、べらんめいで、言いがかりをつけることにかけては天才で。日常の四割ぐらいはわけのわからないうんちくたれて、発情している獣のくせに。

ニヤリとしたり、見下したり。また欲情を露にしているときの目つきや仕草は、男のフェロモンを大全開で。僕はこういう態度を取られると、未だにポッとなって参ってしまう。

「だってよぉ、あれだけ朝一番には俺のところにきてモーニングチューをしろって言ってるのに、先にキッチンに入っちまうから拗ねるんだよ」

それこそ、犬も歩けば棒に当たる――――じゃなくて、英二さんが歩けば歓喜があがる♡　ならいのカッコよさをこうも振りまかれたら。ドキドキしちゃって自然とフライ返しを持つ手にも力が入る。

『――――って、全然意味が違うじゃんよ!!　例えにもなってないじゃんよ!!』

ああ、僕も英二さんの意味不明なおしゃべりに、感化されちゃったのかな？

「だって、新婚さんなら朝ごはんを用意してから、あなた～ごはんよ～、起きてぇ～が定番なのかな？　って思ったから。これでも僕なりの演出を頑張ってるんだけど」

いや、だいたいからして「こんな馬鹿なこと」をサラリと言えるようになっちゃったあたりで、後戻りが利かないほど感化されてるんだろうけどさ。

「いやいやそれなら。あなた、朝よ～。起きて～ぇん♡　んー、なんだよ朝から誘うなよ。昨夜頑張っただろう？　と言ってベッドに引きずりこんだところで、だ・め・よ。あなた♡　まだごはんの支度もしてないのよ♡　と、わざとらしくも可愛い抵抗をしてだな。いやいやお前ですませるから、今朝はかまわないよ。あんっ、もうあなたってばぁん!!　朝から獣なんだから♡　っていうのが俺の理想だ。どうよ」

『どうよって言われても…、どうよ？』

それでもやっぱり、英二さん本人には敵わない。

朝からマジに、こんな「恥ずかしい一人芝居」を堂々とやってのけちゃう英二さんには、僕は一生敵わない。

いや、敵いたくもない…ともいうけど。

『しかも、どうしたらそこで胸張って仁王立ちできるのさ？　もしかして、自慢してる？　だとしたら何に？　もしかして、今の妄想いっぱいのお芝居に？』

「どうよどうよ、菜月」

「えっ、英二さん。なんか今日も朝から飛ばしてるみたいだね。やっぱり大学卒業してから、体が楽なの？　司法試験受けるのやめたら、その分脳みそがハイに回っちゃってるの？　たしか昨日は仕事で遅くて、帰ってきたの二時だったよね？」

でも、それでも英二さんは、朝からここまでふざけちゃう人なのに。ついこの前は日本でもトップクラスの大学、私立の東大と言われるほどの東都大学を。家業を手伝いながらも、首席で卒業しちゃったすごい人だ。

誰もが「受ければ絶対に受かったのに!!」って断言したのに、結果的には司法試験を「やーんぴ」って、たった一言で放棄してしまったとんでもない人だ。

「おう。そういや最近元気だな。あんまり意識はしてなかったが、やっぱり楽っちゃ楽だな」

そのためだけに四年間、ずっと勉強してきたはずなのに。

今年の初めまでは、受験するつもりで寝る間も惜しんで、勉強してきたはずなのに。

自分が家業である、服飾ブランドメーカー・SOCIAL（ソシアル）を継ぐんだと決意してから。

デザイナーとしての才能はないけれど。いずれはお父さんの跡を継いで経営者として、SOCIALの社長として、家族が作った服を売るんだと進路を決めてから。

結局一週間もしないうちに、英二さんは「司法試験は受けない」って、決めてしまったんだ。

〝本気でその道だけを目指してきたやつがいる。そういうやつからしたら俺の受験なんざ、ひやかしと同じだ。一時（いっとき）どれほどそのために学んできたとしても、まるで違う道を選んだ俺が一緒に受けるのは、それだけに頑張ってるやつに対しては、失礼以外の何物でもないからな。って、今さら落ちたら恥だっていうのが一番の理由だけどよ〟

そう言って、あっけらかんと笑って――――。

「今思えば、何のために四年もハーハーしながら、仕事と学業をかけ持ちしてたんだかわからんぐらい爽快（そうかい）だな。いやいや、本当。仕事一本になったら、頭も体もマジに楽だ」

うん。本当にいろんな意味で、英二さんは無敵なマイダーリンだ。

普通のレベルの学校に通ってて、アヒルさんの行列の成績表を貰っている僕としては、いつまでたっても「英二さんってすごい!!」としか表現できない。

どんなにふざけたこと言ってもやっても、人としてのすべてにおいて基礎がしっかりしてるから。

僕はいつだって、「僕の英二さんはなんて最高なんだろう♡」としか思えない。

「おかげでこいつまで以前にも増して、健康的にはりきっちゃってよ〜。朝目が覚める前から、それこそ寝てるときから菜月のところにいこ〜、菜月のところにいこ〜ってうるせぇのなんの♡　おかげで今日の仕事は午後入りだったたっていうのに、こんなに早くから目が覚めちまったよ」

「えっ、英二さんっ!!」

それこそ、だからいきなりなにするのさ!!　どうしてこんなところでファスナーに自分から手をかけて下ろすのさ!!　ってことをしても。

「なぁ菜月、このまま一発やろうぜ♡」

僕が手にしていたフライ返しも気にせず、いきなり抱きついてきても。

「駄目だよっ。目玉焼きが…焦げちゃうっ」

僕は英二さんのなすがままだ。

されるがままだ。

「いいから、いいから♡　しようぜ〜♡　どうせ葉月は直也のところにお泊りなんだしよ〜。子鬼のいぬまにたっぷり楽しもうぜ♡」

英二さんは軽〜く言い放つと、僕のことを抱きしめながらも、さりげなーくコンロの火を消した。

ＴＰＯはわきまえなくても、こういうところには本当にマメだ。

妙なところで繊細だ。

「えっ、英二さんっ…んっ」

でも、コンロから火が消えたことで、逆に僕の体には火が点いてしまった。

火元の安全が約束されたことで、もう…英二さんってば♡　みたいな、気分になってしまった。

「可愛いな、菜月。パジャマ姿にエプロンで立ってる姿も、かなり誘われるぞ」

本格的に背中やお尻を撫でられ、頬や耳にキスをされて。僕の体に着火した性欲の炎は、急速に激しく、大きなものへとなっていく。

「英二さんっ」

顔をうずめる形になった英二さんの胸が、逞しくて。

その素肌が気持ちよくて、優しくって。

僕は困ったような声を発しながらも、フライ返しを落とすと。空になった両手をそれとなく、英二さんの両腕へと這わせた。

「裸エプロンもだーい好きだけどよ。こういうのも、なんかいい感じにそそられる――――。脱がせる楽しみが、あってよ…っ」

僕がすっかりその気になっちゃうと、英二さんは自分の身を屈めながらも、パジャマのズボンと下着をズルリと落とした。

上着やエプロンで隠れてはいるものの、まるでスカートの中に頭を突っこまれたみたいな形でジュニアを探り出された。

「――やっ…っ、だめっ」

なんだかわかんないけど、これって恥ずかしいよ。

僕はとっさに両脚を閉じて、英二さんの両肩を押しながらも「やだよ」って合図した。

「何がだめなんだよ。もう、濡れてるぜ。菜月のここ…、悦んでる」

「英二さんっ」

けど、そんなものはジュニアを握りこまれて巧みに擦り上げられたら、ただの「いい」に変わってしまう。

「ほら、いいから――朝飯前に菜月のチンチンしゃぶらせろよ。いや、朝一のミルク飲ませろって言ったほうが、たしかか」

英二さんの唇や舌での愛撫まで加わったら、「もっともっと」にまで、変わってしまう。

「――あっんっ、英二さんっ」

英二さんは、今にも身を崩しそうになっている僕の体を支えながらも、僕のジュニアをしゃぶり続けた。

「英二さっ…っ!!」

こらえ性なんか微塵もなくって。僕がすぐにイッちゃって。英二さんの口内に、朝一のミルクを飛ばしても。それを器用に飲みこみながら、英二さんはしばらく僕のジュニアばかりを、吸ったり舐めたり、しゃぶり続けた。

「んっ…っ。英二さんっ…英二さっ…」

あいた利き手がいつしか硬くなった双玉を探り、さらにその奥の秘所を探ってくる。そして、長い指の先が蜜部にたどり着くと、僕は感じすぎてヒクンと腰をくねらせた。

「なんだ、こっちも欲しいのかよ…」

ん、欲しい。英二さんが欲しい。思わず口から出そうになった。

「いやらしいな、菜月のここは。ちょっと小突いただけでその気になって――、俺にもっともっとってせがんでくる」

英二さんはわざとらしく僕を詰ると、そのまま僕に後ろを向くように合図してきた。

僕は誘導されるままに後ろを向くと、英二さんにむき出しになったお尻を向けることになり。英二さんは目の前に出された僕の双丘を両手で掴むと、力任せに左右に開いて、開かれた窄みに尖った舌先を突き刺してきた。

「あんっ」

唾液で潤ったそれに、入り口から少し奥を愛撫され、僕は歓喜の声を漏らした。

グチュグチュ、びちゃびちゃと音を立てられ、僕は流しのふちに両手をつきながらも、あさましいほど感じてしまった。

「英二さんっ…」

一度放って落ち着いたはずのジュニアが再び膨らみ、その先端は真っ白なエプロンを、ジンワリと濡らした。

僕がこんなに感じてるってことは、きっと英二さんだって感じてる。

知らん顔したまま愛撫し続けてるけど、英二さん自身だって、きっと熱くいきり立っている。

「英二さん…っ、もういい…、もういいよ」

僕はそう思うと、我慢ができなくなって口走った。

「早くきてよ。早く、英二さんの…入れてよ」

「――――なんだよ、そりゃ?」

英二さんが、僕からより乱れた言葉や態度を引き出したくて、焦らしにかかっているのはわかっていた。

なぜなら英二さん自身は、よっぽど気が荒立ってなければ、ちゃんと自分の欲望に歯止めをかけながらも、十分な前戯を楽しめるだけの余裕やペース配分を持っている。

そういうセックスの仕方も、身につけている。

「だから、英二さんの…早く入れてよ」

だから、こんなふうにあえて時間をかけてくるときは、僕から羞恥心を奪いたいときだ。

僕からもっともっとって強請らせて、乱れ狂う姿を見たいときだ。

「指か？」

「意地悪っ」

「じゃなんだよ。何を入れてほしいんだよ」

そして、僕が困りながらもエッチなことを口走って。

よけいに恥ずかしくなって。

何倍も感じちゃって。どうにもならないのを堪能したいときだ。

「英二さんの、英二さん自身っ」

「俺自身って、さすがに俺全部は入らねぇぞ。ましてや、頭っから入れる趣味もねぇしな〜、さすがに獣な俺でもよ」

「もぉっ!! そうやって屁理屈言う!! だから英二さんのおっ…、おチンチンのことでしょ!!」

「わぁお、今朝の菜月ちゃんってば大胆ねぇ♡ おチンチン入れてだなんて、AV女優みたい。英二、萌え萌えしっちゃうじゃな〜い♡」

「英二さんっ!! ふざけてると、僕なえちゃうよ!! もうやめたって言っちゃうよ!!」

「おっと、わりぃわりぃ。冗談が過ぎたな。そう怒るなって、真っ赤な顔して可愛いじゃねぇかよ。おかげでご所望のチンチンが、こんなにビンビンになっちまったぜ」

わざと僕が切れるほど、テンションを上げさせて。

やっぱり英二さんのがいいって。一番英二さんがいいって。

心身から訴える姿を、心ゆくまで楽しむためだ。

「ほらよ。ご希望どおり突っこんでやるぜ」

英二さんはそう言って立ち上がりながらも、下着の中から本当に限界まで勃起していたものを引き出すと。僕の腰を支え、先端部分を二、三度蜜部へと擦りつけると、そのままグイと突き入れてきた。

「菜月が欲しがった、英二さまのチンチンを——っ!!」

そして先端が入りこむとその勢いのまま、一気に突き上げるように差しこんできた。

「んっ!!」

あまりの力強さに、僕の両脚が一瞬爪先立ちになる。

そんな僕の体を背後からしっかりと抱きしめると、英二さんは熱くなった肉棒で僕の中をかき回す。

「あっ、やんっ!!」

「菜月——っ。ほら、お前からも欲しがれよ。俺を欲しがって、欲しがって、目いっぱい喘いでみせろって」

本当に、さっき言ってたことは洒落や冗談じゃない。

「英二さんっ、ゃっぁっ!!」

もともと性格もエッチも激しいことにかけては天下一だと思うけど。英二さんってば、学業と仕事の両立というものがなくなってから。

大学と勉強に割かれる時間がなくなってからは。以前よりは睡眠時間が取れるようになったもんだから、本当に元気だよっ!!

「ぁっ、いいぜ。ここが…いい」

「英二さんっ…っんっ」

それこそ、本人もあっちも滅茶苦茶血気盛んになっちゃって。

「俺のチンチン、菜月の中が一番いいって喜び勇んで――、もぅどうにもならねぇっ!!」

僕は体が壊れるかと思うほど、力強く抱きしめられたまま激しく腰を打ちつけられると、悲鳴さえあがらなくなった。

まるで獣にでも犯されているみたいで、立ったままの全身に、快感と同じぐらいの緊張が走った。

「菜月――っ」

『英二さんっ…』

でも、それでも耳元で囁くように漏れる英二さんからの呟きには、何度となく緊張は緩和され、僕はそのつどに全身を快感だけに包まれると、激しさを増す英二さんを必死に受け止めることだけを考えた。

「あっ…菜月」

『いいよ、いいよイって』

英二さんにイってってって、それだけを願った。

『僕がいいって言ってくれるの、嬉しいから。英二さんが気持ちがいいって言ってくれるのが、僕も気持ちいいから』

ん、だって。僕が我慢できなかったのは、僕だけがイッちゃうってことだったから。

大好きな英二さんが、一緒じゃないってことだったから。

「菜月…、いいか?」

だから、早く早くって言ったんだから。恥ずかしいことも言ったんだから。

「あんっ、いいよ…英二さんっ…。きて――っ、もっと…」

早くきて。早く、イって。

そしてそれがいいんだって。俺には最高なんだって。たとえふざけた口調でもいいから、僕にいっぱい囁いて。

僕だけに、囁いて。

「もっと、英二っ!!」

僕の中がいいって。僕が一番いいって。ね…、英二さん。

「――――っ」

英二さんは一際大きく腰を突き上げると、僕の中に噴きつけるように快感の証を放った。

『んっ…っ』

そして、ねっとりとしたそれが僕の肉壁や英二さん自身に絡みつき、何倍も滑りがよくなると。

そのまま今度はゆったりと大きく、まるで僕の中を探索するように抽挿を繰り返した。

二度目の解放へと向けて、僕のことを愛し続けた。

「菜月――――、好きだぜ菜月」

僕はいつしか、僕を抱きしめる英二さんの両腕にしがみつきながら、すべてを英二さんにゆだねていた。

『英二さん…』

英二さんが与えてくれる快感の中に、うっとりとしながらも甘い溜め息を漏らしていた。


ただし、二人が二人してうっとりしたような快感から抜け出したときには、ちょっぴり苦い現実がフライパンの中にはあった。

「あっ、しまった!! 目玉焼きがコゲコゲになってるよーっ!! やっぱり火を止めたのが遅すぎたんだ。もぅ、朝ごはんだったんだよ、これっ!!」

「げっ!! 朝からこれ食うのかよ!! 目玉焼きどんぶりっていうよりは、墨焼きどんぶりじゃねぇか、こりゃ」

「だからだめって言ったのに、英二さんがっ。英二さんが朝から盛るから～っ。今日こそ成功間違いなかったのにっ。やっと綺麗にできると思ったのにっっっ」

「あーもー、わかった!! わかったから泣くなっ!! コレは俺が食うから、お前のは俺が作ってやるよ!! それでいいだろう!!」

『ラッキー♡ えへっ♡』

それでも僕は優しいダーリンと、ラブで美味しい日々を送っていた♡

2

朝からわたわた・イチャイチャはしたものの、英二さんが僕にすごい話を持ってきてくれたのは、朝ごはんがすんだあとだった。

「え!!　本当!?　僕をバイトで使ってくれるの？　ＳＯＣＩＡＬのショーのお手伝いに、今回の秋物のコレクションのスタッフに使ってくれるの？」

英二さんは僕にみかん堂へのアルバイトを阻止したかわりと、僕が頑張って一品料理とはいえ、目玉焼きどんぶりが作れるようになったご褒美に、想像もしていなかったお仕事をくれたんだ。

「ああ。お前にはちゃんと俺が仕事を用意してやるって、約束しただろう？　前日と当日の二日間。ただしお袋や珠莉のフォローだから、どんだけこき使われるかって保証はねぇがな。それでよければバイトできることになってる。やってみるか？」

それは大学を卒業すると同時に英二さんが、社長夫人であるママさん（元・世界のスーパーモデルで、すっごい迫力のある美熟女さんなのだ♡）に代わって、専務（一気にパパさんに代わって社長にという話もあったんだけど、レオポンにｎｅｗ－ａｇｅのモデルを掛け持ち、新生ＳＯＣＩＡＬという企画をも手がけているので、肩書きとはいえ社長職までは負いきれない。なので、一応その下の「何も専務」だったママさんの肩書きを、まずは貰うことになった）に就任することとなった会社の。

アパレル業界では、特にフォーマルのジャンルでは世界でその名も通った、ブランドＳＯＣＩＡＬの。

秋物コレクションのバックステージで、スタッフさんたちのお手伝い♡　という、僕には舞い上がっちゃうようなお仕事を、英二さんは僕が何かしたくてたまらないのを察して、僕のためだけに作ってもってきてくれたんだ。

「やるっ!!　やらせてもらうよ、もちろん!!　どんな仕事だって、僕はやるっ!!」

だって、僕は英二さんと知り合ってからまだ一年はたってないものの、大なり小なりのＳＯＣＩＡＬのコレクションは何度か見てきた。けど、そんなバイトがあったなんて話は一度も聞いてないし見たこともなかった。

どちらかといえば、会社をあげてのイベントとしてはもっとも大切なファッションショーだけに、社内の人間以外は完全にシャットアウトで。外注で頼む舞台設定や音響効果ならともかくとして。バックステージに関しては、ママさんやＳＯＣＩＡＬのトップテーラー（お針子さん）であり、英二さんのお兄さん（英二さんの兄弟は、パパさんと同じで全員自社デザイナーだ♡）である皇一さんの恋人、麗しの珠莉さん（♂）がテキパキと仕切っていて。社内の中でも幹部さんと呼ばれる人たちしか、実際動いてないぐらいだったから。

「そっか。じゃあ、今日の午後と明日の丸一日は、俺と一緒についてこい。お袋たちには言ってあるから、あとは葉月にきちんと連絡しとけ。今日明日は留守にするってな」

「はーい!!」

なのに、そんな大変で大切なところに、何も知らない素人の僕が今さらバイトでできるお仕事なんか、本当はあるはずがないんだ。

ってことは、きっと英二さんがママさんや珠莉さんに、「どんな雑用でもいいから、菜月になんか手伝わせてやってくれ」ってお願いして、作ってもらっただろう貴重なお仕事に違いないんだ。

それが僕ほどの頭でも想像できるだけに、僕は喜び勇む反面「どんなことでもしっかりやらなきゃ!!」って気持ちになった。

「ただし、スタッフとして裏に入るってことは、舞台は直に見れねぇぞ〜。俺様の晴れ姿は、モニターを通してになる。場合によっては、それさえその場じゃ見られない。それでもいいのか?」

「―――あっ!!」

けど、気分も最高潮に高まったときに、僕は英二さんにこのバイトのリスクを突きつけられると、正直「痛い!! それを引き換えにしなきゃいけないのは痛いぞ!!」とは思った。

「普通に見学に行くぶんには、貴賓席で見られるんだぜ〜。しかも、世界からお招きしているVIPな顧客、イコール超有名人やお金持ちの中で。ついでにいえばお前に用意してある席は、一応招待状を送ってみたら、『ちょうど暇だから見にいく』とか抜かしやがった橘季慈やウィリアム・アルフレッド・ローレンスの間だ。貴賓席の中でもキランキランに輝いてるだろう、特等席だ。それでも、バックステージのほうがいいのか～？　あん？」

大人しく普通について行くだけなら、特等席でショーが見られる。

イコール、スポットライトの下でギンギラに輝いている、モデルとしての最高の英二さんが見られるのに～～～～～とも、思った。

「え!?　ウィルってばイギリスからわざわざくるの!?　しかも季慈さんもいるの!?　僕の席真ん中なの!?」

「おう。うっかりどっかの変な親父と席を隣り合わせるぐらいなら、あえてお前の趣味で囲っといたほうが、いろんな意味で安全だと思ったからよ。スペシャル大サービスな配慮だぜ」

そのうえ、僕のとっても優しい従姉弟（いとこ）のウィル（英二さんの同じ年の、父さんの甥（おい）っ子で。キラキラな金髪に青い瞳の英国貴族。自国では大きな繊維工場の次期オーナーだ♡）に、英二さんより一つ年上の仕事仲間というかライバルというか。いや実際尊敬・目標にしているんだろう大企業・橘コンチェルンの会長子息。カジュアルブランド・堕天使（だてんし）のオーナー橘季慈さん（日本人離れした等身と、とにかく甘いマスクに声が魅力な、世界に通じる青年実業家さんなのだ♡）が、両隣…という「どこを向いても天国じゃん!!　美形ばっかりじゃん!!」みたいな、セッティングまで用意されちゃうと。

ほんの一瞬だけ僕は、「どっちにしよう!?　ああっ、迷う!!」とは思った。

「いつ、いい!!　それでもいいから、僕バイトする!!」

でも、それでも――ね。

「菜月…」

英二さんがわざわざ作ってくれただろう、お仕事の大切さには敵わないし。こうなったらお金うんぬんのことよりも、英二さんが完全に仕事に専念して、初めてすべての企画進行を手がけるという、記念すべきショーのお手伝いができる!!　この僕に!!　という喜びには、とてもとても敵わないから。

僕はキラキラで甘〜い誘惑の数々を振りきると、バックステージを取ることにした。

「ママさんや珠莉さんのお手伝いに行く!!」

英二さんのお仕事の成功のために、微力ながらもお手伝いするんだ!!　ってことのほうを、選択した。

「いいのか?」

英二さんは最初、ちょっとビックリしていた。

真顔で「マジか!?」って、聞いてもきた。

「もちろんだよ!!　当然でしょ♡」

でも、僕の勢いに負けたように「わかったよ」って答えると、それから「サンキュ」って言って、僕の頭を照れくさそうに撫でてくれた。

「じゃあ支度するぞ」

クスクスと笑いながらも、快く了解してくれた。

「はーい。じゃあ、先に葉月に電話入れとくね」

「おう。あ、それから今日はともかく、明日は直也ともども時間があいてるなら、お前らの席も用意してやるからこいって言っておけ」

僕は特に何も口にはしなかったけど、英二さんには通じたんだと確信できた。

「え!? 本当!! いいの?」

どうして僕が見学よりも、仕事のほうを選んだのか。

「おう。明日はショーのあとに、ちょっとしたもんだけどパーティーもある。タダメシ食わしてやるからって言っておけ」

「はーい♡」

どうして僕が表立ってスポットライトを浴びる英二さん見ることよりも、そこに至るまでの英二さんを。スタッフの先頭を切って、裏方に徹しているときの英二さんの応援をするほうを、選んだかってことを。

英二さんは僕の顔色や少ない言葉から、ちゃんと理解してわかってくれたんだ。

『葉月はともかく、直先輩。今年三年だから、受験勉強に本腰入れ始めちゃってるけど…。今ならまだ一日ぐらいは出てこれるよね?』

きっと「さすがは俺の奥さんだ♡」って、受け止めて。だから「わかったよ」って言って。微笑を浮かべながらの「サンキュ」も、ちゃんと出てきたんだ。

『さすがに受験は一年先だし――――、どんなにただの合格じゃない。トップ合格を目指しての受験だっていっても、英二さんのお誘いだし…』

そして僕は密かに、デザイナーである皇一さんをテーラーとして支える珠莉さんに、とても憧れを抱いていたから。

恋人として心から支えながらも、仕事人として誰より傍(そば)にいて力になっている珠莉さんが、うらやましいって思っていたから。

僕はバックステージでお手伝いをさせてもらうことで、何か「僕にもできること」が見つかるかもしれない。

いずれ英二さんの力になる方法が、見い出せるかもしれない。

そんな期待がこのバイトには、ほのかに沸き起こったことが、とても嬉しかったんだ。

「あ、葉月？　僕だけど。あのさ、明日なんだけど――――」

だからって、ついて行ったところで何をやるのかはわからないけど。

言われたことには、精一杯やるぞ、頑張るぞって。そして、少しずつでも英二さんのためにできることを。僕ができることを。発見したり、増やしていくんだいって、心から思っていた。

「菜月、行くぞ!!」

「はい!!　じゃあ、葉月。明日ね」

　ただ、じゃあそのあとに僕が英二さんとともに、今回もファッションショーが行われるワールドクラスの超一流ホテル、ホテル・マンデリン東京の大広間の一つ。すでに特設会場や客席がセッティングされ、出演するモデルさんたちが簡単なリハーサルまで始めていたバックステージに行って、いったいどんなお仕事をさせてもらったのかといえば。

　それは――――。


「うわーっ!!　綺麗です!!　エマさん、すごい綺麗っ♡　さすがは世界のトップモデルさんは違いますよね!!　僕、リハーサルだけでも目がチカチカしてきちゃいましたー♡　明日の本番、頑張ってくださいね!!」

「ありがと、菜月ちゃん。また会えて嬉しいわ。以前、鳥取で撮影したとき以来ね。そうそう英二、浮気してない?」

　それは、ママさんの言うところの「可愛い屋さん」だった。

「はいっ!!　そこはしっかり見張ってます!!　でも、僕…エマさんみたいに綺麗な人が傍にくると、かなり心配ですぅっ」

「まっ♡　可愛いこと言っちゃって♡　大丈夫よ。どんなに英二がイイ男でも、菜月ちゃんを泣かせるような誘いはかけないわ。他の子たちにもちゃーんと言っておくから。もちろん、英二本人にもね！」

「ありがとうございますっ♡　エマさん♡　明日は本当に頑張ってくださいねっ!!　僕楽しみにしてます!!」

「ええ、もちろんよ♡　最高の舞台を見せてあ・げ・る♡」

しかも、今回ステージに呼び寄せられたモデルさんたち用の、スペシャルバージョン・可愛い屋さん（なんか、太鼓持ちかおだて屋さんみたい）だった。

「お疲れ〜」

「あ、ケインさん!!　お疲れさまです!!　まだまだリハーサルなのに、ケインさんってば、メチャカッコよかったですよ〜♡　やっぱり足長いな〜。うらやましい〜」

「ありがとさん。英二に飽きたら声かけな。いつでも俺が相手してやるからさ、カワイコちゃん。chu♡」

「ひゃんっ☆」

『英二さん許して。ほっぺにチュとかされちゃったよぉっ〜』

じゃあ、どうして「こんなこと」が仕事なのかといえば、僕にこれを命じた珠莉さん曰く。

SOCIALというブランドは、何度ショーを開いても、バックステージを仕切っているママさんがもともと大御所のモデルだったがために、メンズ、レディースに問わず、とてもフォローも行き届いた、いい環境のお仕事場なのだそうだ。が、その分呼ばれたモデルさんに与えるプレッシャーは、そうとう大きいらしく。見た目はみんな平気な顔はしていても、内心かなり神経を尖らせているのが実情なのだそうだ。

なんせ、現役のトップモデルさんたちから「先生」と呼ばれて慕われているほど、ママさんはモデルを引退したあと、数多くのモデルさんを育て、また世に出している。

さっき僕が話をしていたエマさんにしても、ケインさんにしても、一時はママさんのところに通って特訓を受けたことがあるほどだ。

でも、それだけに舞台を見つめる眼差しが、どこの誰より厳しいのも周知のことで。モデルさんたちは、ママさんに呼ばれてSOCIALの舞台に立つことに喜びを感じている反面、力が入りすぎて無意識のうちに、プレッシャーになってしまうことも否めないのだとか。

『――いっ、いいのかこれで!? 本当にいいのか？』

それで僕は珠莉さんから「その場の和ませ役」としての仕事を与えられると、モデルさんたちの名前と顔を覚えたら、「思うがまま、感じたままにミーハーして、キャッキャッしてろ!!」って言われて、精一杯キャッキャッしていた。

なんでも僕には気を緩ませるというか、和ませる素質があるからって。

「ママさん、ママさん。みんな素敵なモデルさんですけど。でもやっぱり僕には、ママさんや英二さんが一番素敵に見えますよ♡」

ついでにママさんにだけは、本音をぶつけてもいい。

それがママさんのご機嫌もよくすることだから――とまで、命じられて…。

「いやん、もぉ。菜月ちゃんったら可愛いんだから♡　あとでママが、いーっぱいご馳走してあげるからね。バイト代にとは別に♡」

僕はにっこにっこにっこの笑顔の下で、かなりビクビク・ドキドキとしながら過ごしていた。

『どうして本当のことをことを言ってるはずなのに、良心が痛むんだろう？』

なぜか、僕悪いことをしてるんじゃ？　って気にもさせられた。

「ところで菜月ちゃん、ママお願いがあるの」

「はい？　なんですか？」

「あのね、ちょっと珠莉をね…」

しかも、僕はママさんからも「ママさんなりのお仕事依頼」を受けると――…。

「菜月!!　菜月、ちょっと頼まれてくれ！」

「はっ、はい!!　なんですか、珠莉さんっ!!」

その依頼を果たしたかったわけじゃないんだけど、偶然にも衣装の支度にてんてこまいしていた珠莉さんに呼ばれたものだから。

「これ、明日英二が着るレオポンにｎｅｗ－ａｇｅ、ＳＯＣＩＡＬフォーマルの新作だ。今朝あげたばっかりだから、まだ振り分けてなかったんだが。このハンガー一台丸ごと、英二の楽屋に運んでおいてくれないか。わかるだろう？　通路に出たら右から三番目の部屋。名前が貼ってあるし」

「はい。わかります!!　でも、それにしてもすごいですね。コレ全部英二さんが着るんですか!?」

「ああ。全部で二十着ある。さすがに皇一の分だけじゃなく、雄二や社長の作った服も着るとなると、こういうことになる。あいつが着ないのは帝子のレディースだけだからな。自社モデルとはいえ、あいつが舞台でコケたら全部ぱぁってことだ。責任は重いよ」

「それは、そうですね。でも、これを全部作ったのは、珠莉さんなんですよね？　すごいなー」

僕は珠莉さんと話しこむと、珠莉さんと珠莉さんの服に感動の声をあげていた。

「ああ。あいつの分だけは、デザイナーに問わず全部俺が縫ってるよ。あの野郎、なんでわかるのかしらねぇが、昔から他のテーラーが縫うと〝違う〟って言いやがるんだよ。特別に縫い物のことがわかるわけでもねぇし、見たって全然気づかないのに。どうしてか着こむと〝珠莉の仕立てじゃねぇ〟って、生意気にむくれるんだよ。だから――――さ」

いや、ママさんに「珠莉をおだてて機嫌よくしといてくれない？　あの子機嫌が悪いと、他のスタッフが気を遣って大変なのよ」って、言われたからではなかったんだけど。

「それは、きっと英二さんが。純粋に〝作る側〟の人間ではなく、〝着る側の人間〟として育ってきたからだと思いますよ」

「着る側の人間？」

「はい。いつだか言ってましたもん、英二さん。俺は産着のときから、名人って呼ばれていたテーラーのお祖父さんが、縫ってくれたものだけを着ていた。お祖父さんが亡くなったあとは、入れ替わるようにずっと珠莉さんが縫ってくれたものだけを着ていた。それこそ、仕事の合間に作ってくれた普段着も含めて、自分はいつでも〝自分のためだけに作られた服〟を、愛情のこもった服だけを着ていた。だから、知らないうちに自分の体は贅沢になってたんだって。ハンドメイドが売りのSOCIALの息子が、しかもモデルが、既製品なんか着れるかとか、他社のものは身につけないとか、カッコイイこと言うようになっていたんだって」

話のいきがかり上、僕はすご一く珠莉さんを、持ち上げるようなことを話し続けていたんだ。

「英二がそんなことを？」

「はい。それに、世界中の誰よりも、自分はSOCIALの服のよさを知っている。だから、知ってる俺が家族の作った服を売りたいんだ。自慢するために売りたいんだ。だから俺はSOCIALを選ぶんだ。法曹界より芸能界より、SOCIALという会社を選ぶんだって…、笑ってましたから」

「だから、SOCIALを――――か」

「ええ。だからきっと英二さんには、同じSOCIALの中でも珠莉さんが縫ったものか、そうでないかが、自然とわかっちゃうんですよ。何がどうって理由はないかもしれないけど、珠莉さんの特別な愛情がこめられているものかどうかは、英二さん自身が着た瞬間に感じるんですよ」

「――――英二のやつ」

英二さんが僕にだけしてくれたはずの話を、ついついしてしまったんだ。

「珠莉さん、僕ね。珠莉さんに会うまでは、あんまり人にどうこうってことは、思わないほうだったんです。その、憧れたりうらやんだりは、極力しないように心がけてたんです」

「憧れ？　うらやむ？」

「はい。だって、僕には見た目はまったく同じなのに、学校じゃいつも成績トップの双子の弟がいるんですよ。そのうえしっかりしてて、なんでもできる弟が。だから、比べたり意識したりすることが癖になると、自分が凹んじゃうことのほうが多くなるから――それはしないようにしよう。自分は自分。我関せずでいようって…思ってたんです。でも僕、珠莉さんに出会って、珠莉さんという人を知ったときから、考え…変わったみたい」

「俺と会って？」

それに、僕が今までに思ってきた、珠莉さんという人への本心も。

「だって、僕…珠莉さんみたいになりたいって――すごく思うようになったから。皇一さんにとっての珠莉さんみたいな存在に。すべてにおいて支えられるような、そんな存在に。僕もなれたらどんなにいいだろう。英二さんと僕が、皇一さんと珠莉さんみたいになれたら、どんなにいいだろうって、心からそう思ったから」

「……お前」

「でも、こういう憧れやうらやみは、活力になるからいいんですよね？　目標になるっていうか、お手本になるっていうか。絶対に凹むようなことじゃないから、いいんですよねっ!! 珠莉さん」

珠莉さんという人が持つ、秀でた能力への本心も。

「僕には珠莉さんみたいに、英二さんを普段から何倍もカッコよく見せるような、そういう素敵な服は作れないけど。でもきっと、何か代わりになるものがあるって思うから。あるに違いないって思うから――――って、しゃべりすぎちゃった!! ごめんさい、忙しいのに。これ、丸ごと英二さんの控え室ですよね♡」

「あっ、ああ」

「じゃあ、運んでおきま〜す!!」

僕はついついぺらぺら〜っと、気分よく話してしまって。

「――――っあ、菜月!!」

「はい?」

「今度、一枚縫ってやるよ。普段着」

「え?」

「ママさんを上手くおだててくれたから、バイト代の上乗せの代わりにさ」

多分、結果的にはとっても珠莉さんをご機嫌にし。ママさんからの依頼は完璧に果たすこととなったんだ。

「はいっ。ありがとうございますっ♡」

でも、決して仕事で言ったわけじゃない。

本当のことを言っただけだよ!!　って思っても、僕はどうしてか胸が痛かった。

『あっ、ああ。なんか、楽なのかつらいのか、わからないバイトだなっっっ』

これがママさんや珠莉さんから「上手く仕事を果たしてる」って思われたら、お世辞を言ったのかと思われたら、やだなって…。

そう、思うと――――ね。

『そうだ!!　お金を貰わなければいいんじゃん!!　僕はあくまで英二さんのお嫁さんとして、お手伝いにきたってことで。バイトだと思わなきゃいいんじゃん♡　僕って頭いい～♡』

ただ、それを家に戻ってから、思い立った名案とともに英二さんに伝えたら…。

「あっはははははっ。そりゃ、お前にしかできねぇ仕事だわ。言っちゃ悪いが、あのお袋と珠莉の間に入って両方の機嫌取れるやつなんか、ＳＯＣＩＡＬ中探したっていねぇからな。親父や兄貴ですら、あの二人が揃うと完全に引くし。帝子や雄二も、やぶへびになるから知らん顔。俺だって絶対に関わりたくねぇもんよ。あっはははははっ」

「えっ、英二さんっ!!」

僕は英二さんから大爆笑をくらってしまった。

「いやいや、褒めてるんだよ。菜月はすげぇってさ」

「本当？　それ」

リビングのソファとはいえ、寝転ぶほどの大爆笑だ。

「本当だよ。なんせ、ほらよ。惚れた弱みもさながら、元スーパーモデルに現役の天才テーラーなんて、どっちもデザイナーにとっては頭が上がらない存在だからな。しかも珠莉は男だが、立場だけでいうなら兄貴の嫁さんなわけだから、お袋とはモロに嫁姑の仲だ。お互いにいつも、何気なく顔色を窺ってるんだよ。特にショーのときにはぴりぴりするぐらい、気を遣いあっててさ。しかも、お互い現場には死守してるテリトリーも持ってるから、よけいに見えない火花が飛びまくるんだ」

「――……そっ、そうなのかな？」

それに、妙な感心までされてしまって。

僕は「だからバイト代はいらないよ」って言ったのに、英二さんには気にするな気にするなって。貰えるだけ貰っとけって、真顔で言われてしまったんだ。

「そうなんだよ。それを、あの二人の間を笑顔で行き来できるうえに、二人の機嫌取ってくるんだから、菜月は本当にすげぇよ。肉体労働ってわけじゃないから、働いたって実感が薄いかもしれねぇけど――、それでバックステージがスムーズに流れる。みんなが気分よく仕事ができるっていうなら、菜月の立ち回りは銀座の一流ホステスより、高い日当が取れる働きだよ」

「ぎっ、銀座の一流ホステスさん？」

ただ、どうして僕男なのに、例えがホステスなの？　普通はホストじゃないの？　って、ことまで言われたけど。

「いや、日当じゃ計算しきれねぇな。だから、お袋がご馳走してあげるなんて言ったんだ。あの珠莉が、自分から普段着を縫ってやるなんて、珍しいこと言ったんだ。バイト代とは別にって言ったのは、お前の本心から出る言葉が本当に嬉しかったからさ。世辞や仕事で出た言葉じゃない。それが菜月の真心だってわかってるから、よけいにあの二人も喜んだんだよ」

「英二さん…」

「いいじゃねぇか。菜月は菜月にしかできない仕事をしてきて、その報酬を貰うんだ。明日もするんだ。だから、気にしないで貰っとけよ」

でも、もう英二さんってば！　ってぐらいに欲しかった言葉を言われると、僕はすぐに「だったらいいけどさ」って気持ちになった。

「どっちみち胸を痛めるよな、額でもねぇんだからよ」

「ん。わかった」

それが首を傾げるような内容のお仕事だったとしても、英二さんが「お前にしかできない」ことだって言ってくれたから。

ママさんや珠莉さんが、ちゃんと僕の本心だって、わかってるって言ってくれたから。

「じゃあ、明日も精一杯はしゃぐからね!!」

「おう。ただし、野郎のところにはあんまり顔を出さなくてもいいからな。何が英二に飽きたらだ。ケインのやつっ!!」

僕は英二さんの機嫌を損ねない程度に、頑張らなくっちゃ!! って、思った。

「―――もぅ、英二さんってば」

ううん、一番先に英二さんのご機嫌取りを、頑張らなくちゃやって思った。

「大好き。ｃｈｕ♡」

「なっ、なんだよ菜月っ」

僕は英二さんの膝の上に自分から腰かけると、その頬にチュッてしてから、ムギューって抱きついた。

そして耳元に唇を寄せると、「今夜は僕がサービスしてあげる♡」って囁いて。

「マジかよ?」

半信半疑の英二さんにもう一度口づけると、僕はそのあと自ら英二さんの下肢に顔をうずめると、目一杯ご機嫌取りをしてしまった♡

ＳＯＣＩＡＬの秋物コレクション、本番当日。

僕はその日、朝早くから英二さんと特設会場があるホテル・マンデリン東京に出向いていた。

「何。コレ…。花だらけ」

が、そこで僕は今回のステージのすごさというか、これまでにはない特別な意味を持つショーだったというか。だから今回はショーのあとには、パーティーまでセットされているのか!! ってことに、初めて気がついた。

「前にはこんなになかったのに。それに、なんでこんなに取材の機材まで？」

なぜなら、多分昨夜から今朝にかけて届いたんだろう。

会場となっている大広間の前には、ショー開催への激励の生花が山のように贈られていて。しかも、大広間の前だけじゃ全然足りないもんだから。ホテルのエントランスから、フロアから、大広間の前までの廊下を、ずら〜って埋めつくしていたんだ。

言い方は悪いけど、なんかよくテレビですっごい有名な方が亡くなったときに、沿道を花が埋めつくしてるけど。あれがお祝いの花に変わったら、こんな感じ!? ってぐらいに。とにかく右にも左にも溢れんばかりのお花が、所狭しと置かれていたんだ。

「うわ〜、それにしたって圧巻。SOCIALへのものから、パパさんやママさん。皇一さん、帝子さん、雄二さんあてのものがバラバラにあって。しかも、レオポンとかnew-ageとか、各ブランド名で贈られているものもあるから、よけいにたくさんあるんだろうけど――――。でも、それにしたってこの英二さんあての多さは何ごと!? 八割近くが英二さんあてだなんて」

それこそ、ホテルのオープン祝いならわかるけど――ってぐらいに、ものすごい量のお花が。

「うわっ。関東テレビや、ドラマ制作部からも届いてる。共演した俳優さんや、番組スポンサーからまで…。ってことは、これってモデルの英二さんあてに届いただけじゃなく、タレントとしての英二さんにも届いてるから、多いのかな？」

「んー、それは違うよ菜月ちゃん」

「そ。それはモデルの早乙女英二あてじゃないよ。ＳＯＣＩＡＬの専務への、就任祝い込みだよ」

「――あ、季慈さん!! ウィル!! おはようございます!!」

すると、英二さんに花を贈ったうちの一人でもあり。また今日の招待客の中でもＶＩＰ中のＶＩＰだろう季慈さんとウィルが、まばゆいばかりのスーツ姿で僕の背後から声をかけてきた。

「おはよう」

「久しぶり、菜月」

そして、一笑で腰を抜かしそうなほどのカッコいい笑顔を見せると。二人はかつてないほどホテル内を埋めつくしている生花が示す、本当の意味を教えくれた。

「あの、それで、ＳＯＣＩＡＬの専務への就任祝いって？」

「ん？　だからね。この花のほとんどは、早乙女がいよいよ表立ってＳＯＣＩＡＬを動かす。新シリーズの立ち上げと同時に、まだまだフォーマル界に革命を起こそうとしている。そのことに対しての期待の多さや、彼自身の交流関係の多さが、単純に目に見える形になったものなんだよ」

「期待の多さと、交流の多さですか…？」

「そう。まぁ、企業名で贈られているものは、贈るほうも自社のPR込みだからね。ある意味、付き合いや広告の一部だと思ってもいいよ。でも、わざわざ〝早乙女専務さま〟あてに名前が入ってるものに関しては、就任してから初仕事となる今日のショーを楽しみにしているよ。じっくりと手腕を測らせてもらうよ――ってことで、かなり会社がらみに見えて個人的かな。でもって、個人名そのもので届いているものに関しては、純粋に彼と付き合いのある人間が、花に託してエールを送っている。そんな感じに判断していいと思うよ。ってことは、ここにある半分以上は、早乙女への個人的なエールになるけどね」

そう。今まで大学生だった英二さんが、きちんとした形で会社一本に身を投じる。

専務職という肩書きを手にする。

それがアパレル界やSOCIALにとっても、また本人にとっても。どれほど大きなことだったのかを、この膨大なまでに贈られた花の数は、無言で示していたんだ。

英二さんはちょっとしたパーティーもあるからなんて謙虚な言い方してたけど、それって早い話、ショーの打ち上げをかねた「専務襲名披露パーティー」だったんだ。

「あの、でも季慈さんのお名前では、両方あった気がするんですが？」

「それは――、僕が両方の意図をもって彼を激励してるってことだよ。だから、アンジュからも贈っているし、堕天使からも贈っている。でも、一番大きな花はポケットマネーで、個人から個人へと出してるよ。多分、僕みたいな贈り方をしている者も多いから、そうじゃなくても多い花が、二倍にも三倍にもなったんだろうけど」

「季慈さん…」

そしてそのことを、季慈さんやウィルは僕にとてもわかりやすく説明してくれたんだ。

「そ。コールマンのお祖父さまなんか、だからそれは絶対に顧客に対して送ってきたショーの案内状であって、英二や菜月が送ってきたものじゃない。それより何より、コールマンは仕事としては、これまでにＳＯＣＩＡＬとはまったく接点がないんだからって、社名で贈るのは変ですよって言ったのに。自分の会社の名前をここぞとばかりに使いまくって、ここに花を贈ったんだよ。しかも可愛い孫婿の英二のバックには、この私がいることを世間に示しておかねばな〜、はっはっはっとか言って、大はしゃぎしてね。多分、あとの祝賀会用にもいっぱい電報打ってたみたいだから、絶対にそれは読まなくていい。飛ばしていいって、司会進行役の人には、言っといたほうがいいかもよ」

「ジッ、ジジイッ!!　なんて人騒がせなっ!!　しかも、なんでこんなところにまで…。こっちじゃ僕と英二さんの結婚も、ましてやコールマンとの関係も、フルオープンにはできないのにっ!!　あっ、そう言えばやたらに横文字の札がささったお花があったけど、あれがそうだったんだ。ってことは、ここにある半分ぐらいはジジイが贈ってきたものだったのか!!　ったくもー。一日で片づけられちゃうのに、もったいないっ!!」

本当に、誰がこんな大騒ぎにしている張本人なのか、ホテルを花だらけにしたのか、とっても明確にねっ!!

「あっはっは。どうりで、多いわけだね。コールマンの会社といえば、主要会社だけでも百近くあるんだから。系列会社まで数えたら、数えきれないものね。さすがに昨夜、大型トラック十台が連なって花を届けにきたときには、うちの支配人や従業員も、そろって腰を抜かしそうになってたって話だけど。それなら頷けるって、内訳だ」

まったく、季慈さんは笑って話してくれてるけど。僕がもしも従業員だったら、深夜に大型トラック十台の花を運びこまれるなんて、テロと同じだよ!!

貸切りじゃないんだから、貸切りじゃさ!! って思うほどだ。

「すいませんっ。すいませんっ。すいませんっ!!」

本当に、なんで僕がジジイのために謝らなきゃならないのさ!! って感じ。

「いやいや、謝らなくていいんだよ。それだけ彼が、頼もしい味方をつけたってことだから」

「――――人騒がせなだけですよっ。きっとジジイってば、今になって使い道がないお金がいっぱいあるもんだから。そうじゃなきゃ、税金対策に接待費として使っただけなんだ。絶対にそうに違いないんだからっ」

「あっはっは。菜月も言うようになったね」

「ウィル!! 笑いごとじゃないよっ!! ジジイを止められなかったくせに!! ホテルには花粉症の人もいるかもしれないんだよ!! たくさんの人がいるところなんだよ!! いくらお祝いだの激励だ

のって名目でも、多けりゃいいってもんじゃないでしょう!? 限度があるでしょう? 限度が!!」

「ごめんごめんっ。あっはははは」

しかも、僕と同じぐらいに謝らなきゃいけないのは、ウィルも同じはずなのに。いや、知ってて止められなかったんだから、もっと謝ってよ!! って感じなのに。

ウィルは「本当に困った人だよね～」ぐらいで、季慈さんのところのホテルに多大なご迷惑かけてる事実には、知らん顔だった。

「まぁまぁ、菜月ちゃん。気持ちは嬉しいけど、大丈夫だよ。うちに入る花屋は、花粉が飛ぶような花は、まず生花のメインにはしてこない。空調も整えているし、ホテル内の風向きも考えて花は配置してるから」

「――――…すごっ」

もっとも、コレぐらいのことはなんとも思ってない。対策は常に万全なのは、季慈さんも同じだったから。ウィルはこんな調子だったのかもしれない。

「それにね、菜月ちゃん。たしかにコールマン氏のしたことは、桁外れな気はしないでもないけど。でもコールマン氏からのこの花は、今後のSOCIALにとって、強烈な後押しになるんだよ」

「強烈な後押し？　ですか」

「そう。早乙女のバックには、いや早乙女英二のバックには英国のコールマン家がある。これは、早乙女がいつでも世界進出できる、SOCIALがもっともっと世界に出て行けるという、最高の証なんだ。なぜならコールマン氏は世界中に表から闇からいくつもの販売ルートを持っている、まさに貿易界の生き神様であり、閻魔さまだから。僕も何度お世話になったことかわからない、そういう大変な方だからね」

「季慈さん…」

それよりなにより僕のジジイが、僕が全然知らないだけで、意外に顔の広いジジイだったから。

別の世界に住んでた人が、いきなり目の前に現れたようなものだから。

僕からしたらただ人騒がせなジジイに思えるけど、同じ世界観で物が見られる季慈さんやウィルみたいな人たちからしたら、本当はすごいジジイなのかもしれない――けどさ。

「君はもちろんのこと、早乙女自身もあまり理解してない…。いや、あえて理解したくないみたいだけど。この途方もない数の花は、早乙女がその気にさえなればコールマンの販売ルートをすべて自由に使える。そういう権利を持っているという証のようなものなんだ。僕からしたらうらやましいぐらい、今後の彼は世界で商売がし放題ってことなんだよ。ね、ウィル」

「たしかにね。英二はコールマン家をただの菜月のパパの実家だとか、SOCIALの上顧客だとかしか見てないから、そういうことには関心ゼロって態度だけど…お祖父さまのほうは違うから。お祖父さま自身は、これまでの彼の働きぶりや手腕をきちんと見たうえで、とても認めているし、実際欲しがってもいるぐらいだからね」

「ジジイが、英二さんを!?」

「そう。菜月のパパの、跡継ぎのマイケル伯父さんにしても。今さら脱サラして跡を継いだところで、自分の手腕だけじゃ巨額な税金払って、家名を守り続けるほどは稼げない。このさい孫婿として、英二くんが跡取りに入ってくれないかな〜って、きっと彼ならできるだろうに〜って、ぼやいてたぐらいだからね。僕だけにはこっそりと」

「っ、はっ!?　父さんまでそんなことを!?　初耳だよ、そんなこと」

「もちろん、初めて言ったもの♡　でも、英二には絶対に内緒だよ、菜月。こんなことが知れたら、僕まで敬遠されかねないからね。彼のことだから、絶対にそんなの冗談じゃねぇとか言って、二度とイギリスにもこなくなるかもしれないし。そんなことになったら、これから一緒に仕事する僕が、楽しくないからね」

「は…、たったしかに。葉月が逃げてきたぐらいだから…、英二さんじゃ二度と近づかないかも。たとえ相手がウィルでも——その先にはジジイがいる!!　とかって敬遠して」

でも、そんな別世界のジジイに、いきなり英二さんが気に入られても、僕としては…ねぇ、だ。

英二さんにしたってきっと、「勘弁してくれ」って言っちゃうだけだろうし。

絶対に、俺は俺のペースでやるのが性に合ってるんだって。意外に物事順序だててやることが、自分に抱えきれるものしか抱えないことが、性に合ってる男なんだよ——って、言うに違いないんだ。

「でもね、菜月ちゃん。それってコールマン氏が、跡継ぎに欲しがるほどの商才、商運を、早乙女が持ってるってことだし。彼を贔屓にしている僕の目にも、間違いはなかったたってことなんだよ」

「季慈さん」

ただ、それはそれとして。

僕は季慈さんが言ってくれたことに対しては、とても素直に「うんうん♡」って頷くことができたし、嬉しかった。

だからジジイにはあとで電話でもして、「綺麗なお花をいっぱいありがとう、お祖父さま♡」って、いい孫娘（僕を娘だと思っているのが難点だ）でも演出してやろうって思った。

「そして、彼個人にこうして花を贈った人たちの目もまた、間違いはない。雲ってはいないという表れで――。この花の数は、彼の魅力や才能、何より人徳を表すのだから。菜月ちゃんはそういう彼を素直に自慢に思って、喜んでいいと思うよ。多分それが、これだけのものを思いがけずに貰ってしまって、内心じゃビビッてるかもしれない早乙女を、一番リラックスしていい仕事をさせてあげられる。君だけができる、彼への大切な役割かもしれないからね」

そして英二さんには、「すごいすごーい♡　好きなだけマンションに持って帰れるね♡　場合によっては、お客さまにもサービスで配ってくださいって言えるね♡」って、はしゃいでみせようと思った。

「はいっ♡」

それが、今の僕にできることだから。

きっと、僕にしかできないことだから。

僕はこの日、一日中思うがままに、感じるままにキャッキャしながら、自分の感動を言葉にしたり態度にしたりしていた。


ショーのときには、バックステージで。

そのあとの盛大な英二さんの専務襲名披露パーティーでは、会場のいたるところで。


「カッコイイよぉっ〜。ねっねっ、葉月♡　カッコいいよね、今日の英二さん!!　そりゃ、パパさんも皇一さんも雄二さんもカッコいいし、ママさんも帝子さんも珠莉さんも綺麗だけど。あ、もちろん直先輩もカッコいいよ。でも、誰が一番っていったら、やっぱり今日の主役、僕のダーリンだと思わない〜？」

「わかった。わかったから、菜っちゃん。落ち着け。少し、落ち着けっ」

「落ち着けないよ!!　だって、あんなに立派なんだよ、僕のダーリンが!!　舞台ではギラギラの熱砂の獣（オトコ）を演出してたのにぃ〜、パーティーになったら一変して紳士で実業家で。こーんなにたくさんいるお客様相手に、堂々とスピーチしてるんだよ〜♡　しかも、日本語と英語の両方で!!　さすがはこんなにお花が届いちゃうだけあるよね♡　祝電なんか、ダンボールに二十箱も届いてたんだよ、二十箱も!!　誰が一人で十箱分も送ったとは言わないけど〜。でも、残りの十個は確実にいろんな人から届いたんだよぉっ。それこそ世界中から届いたんだよっ!!」

「わかった。わかったから。あいつはすごいよ、うんうん。今さらながらにただ者じゃなかったね。でも、ここの料理もすごいよ。本当に美味しそうだよ」

「そりゃ季慈さんが英二さんのためだけに、今回は特別に陣頭指揮(じんとうしき)を取って、パーティーコーディネートしてくれたんだもの〜。大広間のセッティングにもお料理にも、隅から隅まで手を尽くしてくれてさ〜。すごいのは当たり前じゃ〜ん」

「だったらもういいから、早く食べようよ〜、菜っちゃ〜ん」

「だめぇ!! そんなのあとあと!! 葉月は僕の話を最後まで聞くの!! でね、今日のサービスのスタッフなんか、日本でもトップクラスのサービスマンが入ってるんだってよ〜。しかも、どんな国のお客さまがみえても接待できるようにって、各国の首都のマンデリンから、スタッフも呼び寄せたりしてさ〜。国内からだって、全員が最低二ヵ国語は話せるスペシャルサービスマンしか入ってないっていうんだから、本当に究極のパーティーだよね〜。もちろんそれも季慈さんが、英二さんのためだけに手配させたんだよ〜♡　英二さんのためだけに!!」

「直先輩っ。ごはんが冷めちゃうよぉっ」

「今夜は諦(あきら)めたほうがいいかもよ、葉月。菜月のテンション、ハイを超えてるから…」

「それから、取材も関東テレビ中心に、いっーぱいきててさ〜。やっぱりドラマの影響もすごいけど、これって英二さんの人気がすごいからだよね〜。ファッション、経済以外のジャンルの取材はお断りだったから、これでも大人しくすんだらしいけどぉ～。でも、今夜のニュースには間違いなく、SOCIALや英二さんのことが流れてるんだよ～。本当に、すごいよねー♡」

「菜っちゃん…。僕何も食べないできたのにっ。お昼も食べないできたのにっっっ」

僕は、英二さんが僕をチラチラと見るたびに、「やれやれ」とか「菜月はまったく…」って言いつつもホッとできるように。

マイペースを守って僕らしい振る舞いに、徹していた。


「あれ？　英二さん？」

ただ、そんな僕が唐突というか。

なんとも現実からいきなりはぐれたような、夢のような不思議な経験をしたのは、盛大なパーティーが終わりに近づいた頃のことだった。

「違う、そんなはずない」

僕はたまたま飛び出したホテルの廊下で、びっくりするぐらい英二さんにそっくりな人を見かけると。世の中にはこんなことがあるんだって、溜め息が出てしまった。

『でも、なんて似てるんだろう…』

姿形が似ているだけならまだわかるけど、英二さんの放つ熱いオーラというか。なんともいえないエネルギーというか。

そういうものまで似ている人がいるだなんて、不思議だとしか思いようがなくって。

「あっ、あのときの人だ!! 英二さんのそっくりさん!!」

ただ、そんな不思議がさらにパワーアップして摩訶不思議なものになったのは、ファッションショーとパーティーが行われた二日後のことだった。

なんの変哲もない渋谷の街での、夕暮れのこと――だったけど。

3

まるで夢の続きを現実で見たような、そんなときの気分って、こういう感じかもしれない。

僕はその日、英二さんの幼馴染みというか、ママさんの一番のお弟子（でし）さんというか。

ただ今シングルマザーになること前提で妊娠中につき、お仕事はお休みです!!　って公表していた世界のスーパーモデル、ライラさんがとうとう出産したぞ!!　って報告を貰ったから、「こりゃ何かお祝いしなくっちゃ♡　バイト代も思った以上にいっぱい貰ったしね！」って思って、買い物に出かけたんだけど。

その出先というか渋谷の駅前で、僕は女の子に囲まれ、もみくちゃにされている「英二さんのそっくりさん」を偶然見かけたんだ。

「きゃー!!　英二〜♡　サインして、サイン!!　英二〜♡」

「私、モデル探偵のドラマでファンになったの!!」

忘れもしない。

いや、忘れたとしても一瞬で思い出すだろう――――それほど彼は、二日たってからあらためて見ても、怖いぐらいに英二さんに似てた。

「やだ、私なんかレオポンの頃からよ」

「お願い、英二。なんか言って!! 英二!!」

騒いでいたのは、三人、いや四人。本人の後ろにもいるから、五人かな？

見た目は高校生ぐらいから大学生ぐらいの年頃の子たちで、ビルの隅に彼を追い詰めては、他人が参戦しないように気を配りながらも騒いでいた。

かなりこういうことに、慣れた子たちっぽい。

『あっ…あーあ』

けど、あれははっきりいって英二さんの真の追っかけではない。偶然街中で見つけて、ラッキーって騒いでるレベルの、ファンってやつだ。

だって、本当に英二さんのファンだとか追っかけなら、まずこんなところでは騒がない。

どうしてバレるのかはわからないけど、真の追っかけさんたちは英二さんの日程を把握してて、絶対に今の時間なら会社のほうに出向いてるから。

そして、いつになったら出てくるか、見れるかわからない英二さんの姿だけを待って、何人かで「キャッ♡」っとかしながら、ジ〜っとしているはずだから。

「英二〜♡」

「こっち向いてぇ」

なんせ、帝子さんにしてもママさんにしても、「マナーのいいファン」に対しては、とっても優しいから。英二さんのファンだという「通(つう)な子」たちほど、ＴＰＯをわきまえてるんだ。

決して世間の迷惑にはならないようにって、自主規制しながら追いかけているんだ。

『あっ、あーあー…。スゴイコトになってるよ』

とはいえ、そんなのはごく一部の本当に気合いの入った、場合によっては僕にさえ優しいという「究極ファン」のことだから。普通の子が「あれほど似ている彼」を見たら。

一瞬とはいえ、僕でさえ見間違えた彼を見たら。

彼女たちが彼を「英二さんだ」と思いこんで、騒いだとしても仕方がないのかもしれない。

むしろ、なんの不思議もないのかもしれない。

「英二!! 得意の〝どうよ〟の一言でもいいから、生で聞かせてよ～」

『えっ？ あれが得意ってことになってるの？』

だって、どんなに英二さんが普段から「自社ブランド以外は着てません」って言ってたところで、フリークでもなければ、コレクターでもないのに。数えきれないほどあるSOCIALの服と他社の服を、一目で見分けられるはずがない。

ましてやレオポンばかり着ていたときなら、トレードマークの豹柄があるとかないとかってことで、かなり区別がついたと思うけど。今はnew-ageのほうも交互に着てるから、服だけでは見分けなんかつかないしね。

「一発やっちゃう!? 朝まで行っちゃう？ も、お願～い。もう、ドラマでのあの台詞に、堕ちたっていっても過言じゃないもの♡ 言って言って～♡」

『アドリブだって、あれは。下品な台詞は全部アドリブっ!!』

でも、多少なりにも英二さんという人を知っていれば、そもそもラフラフのカッコしてるのに、シャツのボタンがきっちりと留まっていること自体が違うよ。

ネクタイも締めてないとき、ボタンをしめてるなんてありえないよ…ってことはたしかなんだから。街中でファンだっていって無理やりとっ捕まえるぐらいなら、最低でも「それぐらいは知っててよ」「レオポンからのファンだっていうなら、上から下まで他社ブランドをきっちりと身に纏(まと)った彼が、英二さんじゃないっていいかげんに気づいてよ!!」とは、言いたくなるけどね。

「でも、刑法何条なんていうのも、スラスラスラっと言うの聞いてみたーい。お願い英二～」

『無茶言うな、本当にファンって』

特に完全に間違えているとはいえ、そこまでとんでもない要求するんならさ!!

『――ま、これってはたから見てると初めて気づくことなんだろうから、僕もキャッキャするときには、十分気をつけなきゃ』

ただ、ここまで立派に間違われてるんなら、彼もいっそ英二さんになりきって、適当なこと言って躱(かわ)しちゃうとか。もしくは「人違いだ」って、怒っちゃえばいいのに――。

なんか、同じ顔で戸惑った態度というか、もじもじされると。見ているこっちがイライラとしてくる。

彼の煮えきらなさにも「ムムッ」って感じで、僕は首を傾げながらも苦笑を浮かべていた。

「I'm sorry. I do not understand Japanese」

「キャー!!　素敵～♡」

けど、とうとう耐えきれなくなった彼が、苦し紛れに発しただろう言葉を耳にすると、僕は一瞬にして大反省してしまった。

傾げた首もシャッキリと、もとに戻してしまった。

『え!?　日本語理解不能だ!?』

そう。彼が発したのは完璧なまでの発音の英語――。いや、かすかにちょっと訛りがあるそれは、僕の耳にどうして彼が何も抵抗できないのか。女の子たちに怒ることさえできずに、困惑しているのかを、ダイレクトに伝えたから。

『ってことは、あの人…』

それどころか、僕は彼が英二さんに似ているってことから、絶対に彼が日本人だとばかり思って、疑いもしなかったけど。

もしかしたら、そうじゃないのかも。

日本人だとしても、少なくとも日本語圏では育ってなかった人なのかもしれない!!　って訴えていたから、さすがに「これは助けなきゃ!!　どうにかしなきゃ」って、気持ちになったんだ。

「I am not Eiji」

「さすがは英二、英語も素敵～♡　伊達に東都大卒じゃないわ～♡」

一度ならず二度までも見かけたんだし。

勝手に遠目から見て、イライラしちゃったし。

何より英二さんにそっくりな人が困ってるんだから、これは!! って思って。

「Are you here?　I was looking for you」

「────!!」

だから僕は騒ぎの火中に飛びこむと、「あー、いたいた!! 捜してたんだよ!!」みたいな、さも彼の知り合いのような言葉を発しながらも、ニッコリと笑って彼の腕を掴んだ。

「────!?」

「うふっ♡」

そして彼にウィンクを一つ飛ばして、「今助けてあげるからね」って合図をすると、

「Do you have business to him?」

今度は彼を取り囲んでいたたくさんの女の子たちに向かって、「何か彼に用ですか?」って、知らん顔して英語で話しかけた。

多分、英二さんにそっくりな彼に比べたら、もともと英日ハーフの僕のほうが、英語さえ話していればよっぽど異邦人に見えるはず。

だから、ここで完璧にしらばっくれ、なおかつ相手に退散してもらうなら。下手に人違いだとか説明するよりも、絶対にこの手に限るだろう!! って、思ったから。

「なっ、なんだろう？」

案の定、彼女たちはかなり引いていた。

「もしかして、勘違いだったのかもよ」

僕がとりとめもなくベラベラと話しかけ続けると、何も答えられなくて、ひたすらに困惑し始めた。

「え!?　間違い!?」

「Can you speak English?」

そして、僕からのトドメのような一言を聞くと、

「No～～～!!」

頼むよ。もう少しまともに反応しようよ。

一応必修に入ってる教科なんだからさ…ってぐらいに、彼女たちはものの見事に走り去って行っていった。

『おいおい。誰も黒船に乗せて誘拐したりとかしないって。第一、中学生程度の会話なんだから、も少し対応しようよ』

ま、僕もコレが英語以外の外国語で、それこそロシア語とかスワヒリ語だったら、確実に同じことをして逃げてたかもしれないけどね♡

「もう大丈夫。It is already OK」

僕は女の子たちが消えると、彼にクスッて笑いながらも、一日本国民としてのフォローを終わらせ。それじゃあって、立ち去ろうとした。

「どうも、ありがと。助かったよ」

「はい？」

けど、立ち去ろうとした僕の腕を掴んだ彼から発せられたお礼は、「なんだよ!! あれって嘘だったの!? お芝居だったの!?」ってぐらい、とても綺麗な日本語だった。

「でも――もう、限界」

だったんだけど…。

「え!! えっ!? えーっっっ!!」

その後はどうしてか、その場にズルズルとしゃがみこんでしまった。

「お腹減った…」

たった一言で僕に明瞭にかつ簡潔に今の自分の状態を伝えると、カクンとうつむきお腹をグゥ～と鳴らせた。

「死ぬ～っ」

「死ぬーっ!? ちょっと待って!! それは勘弁してぇ!!」

僕は、びっくりして生き倒れ寸前になっている英二さんのそっくりさんに肩を貸すと、どうにか頑張って、その場から駅前のタクシー乗り場までは歩いてもらった。

「すいません、南青山までお願いします!!」

「はいよー」

そして彼を車に詰めこむと、僕はとりあえずは家へと戻ることにして。慌てて渋谷からタクシーで、南青山へと移動した。


「お帰り菜っちゃん!! あれ? 一緒だったの!? 何くたばってるのさ、お兄さま!」

「違うの葉月っ。この人英二さんじゃないの。英二さんのそっくりさんなの!!」

「――――はい?」

もちろん、パッと見だけなら英二さんにしか見えないのに、「英二さんじゃない彼」の登場には、葉月も目が点だった。

「だから、似てるけどこの人は英二さんじゃないの。とにかく、お腹空いてヘロヘロになってるから、連れて帰ってきたんだけど…早く手を貸してよ」

「なっ、直せんぱーいっ!! ちょっときて〜っ!!」

理解できないまま奥にいたんだろう直先輩を呼びつけると、さらに理解できずに困惑していた直先輩に、彼をリビングまで運ぶのを手伝ってもらった。


そして、十分後。

「あっ、あの。僕コレしか作れないんですけど、よかったらどうぞ」

「――――え？」

僕は彼に究極の一品料理、目玉焼きどんぶりを作ると、恐る恐る「どうぞ」って差し出した。

だって、今日に限って、大概は二～三品は作り置きしててくれる「英二さん作」のかなりイケてるおかずの数々が、冷蔵庫に何もなかったんだ。

お留守番していた葉月と直先輩が綺麗に食べつくしてくれたから、今の我が家ではコレしか出せなかったんだ。

そりゃ、他人に食べさせるのはちょっと怖いな。万が一食あたりでもされたら、どんなに英二さんに似てても、他人だけに困るな…とは思ったけどさ。

「ちょっと焦げちゃってますけど、でも味に支障が出るほどは焦げてないので、食べられなくはないと思うんで…」

でもま、最悪どっかで失敗してて、お腹を壊すはめになっても。一時は空腹から立ち直れるんだから、それで許してねってことで。

たとえ僕のごはんのせいで倒れるはめになっても、あのまま行き倒れてても、そうかわりはないもんね？　しかも、だったらお腹が満たされて倒れるほうが、人としては満足だよね？　って。内心何かのときの言い訳ばっかり、考えてはいたけどね。

「はい、これお醤油です。好みで加減してかけてください♡」

それでも僕は、「材料さえ変なことになっていなければ、もともと生でも食べられる卵に、ちゃんと炊いてあるごはんの組み合わせなんだから、大丈夫だろう」「味付けだってお醤油だけだし、調整は本人任せだしねぇ」と勇気を振り絞って。生まれて初めて身内以外の人（ごめんじゃすまない人だ!!）に、自作の一品を差し出した。

「あ、ありがとう。それじゃ遠慮なく、いただきます」

すると、彼は本当にお腹が空いてたんだろう。

恐縮しつつも箸を取ると、一瞬ちょっとだけ使いにくそうな仕草は見せたけど。自分でちょろりとお醤油をかけると、そのまま作り手である僕が気持ちよくなるぐらいに、どんぶり飯をガツガツと食べ始めた。

まるで本当に英二さんが、「うめぇぞ」って言って食べてくれるみたいに。山盛りいっぱいよそれた特大目玉焼きどんぶりを、とーっても美味しそうに食べてくれた。

『よかった♡』

「しかしさ～、菜っちゃん。今どき道端で飢えて倒れるやつなんか、マジにいるの？　しかも、この面（つら）でなんて。気合いの入ったナンパか、テレビ番組のやらせならわかるけどさ～」

「葉月！　そういうこと言わないの」

もちろん葉月に言われるまでもなく、普通に考えたら僕はなんてことしてるんだろう。

英二さんが知ったら、きっと真っ青になったあとには、真っ赤になって怒るだろうってことを、していた。

「だってぇ、この手の顔なら何食ってもピンピンしてそうじゃん。絶対に、雑草は死なない!! って感じじゃん。なのにお腹減らして行き倒れるなんて、イメージが合わなすぎるよ〜」

「そっ、そりゃそうなんだけどさぁ。でも、この食べっぷりを見たら、お腹空いてたのは嘘じゃないよ。倒れるふりしたナンパでもないよ。それに、以前英二さん本人だって、葉月が作ったごはんの味見したときには調子悪くなって、倒れかけてたんだから。この手の顔の人が倒れたって、イメージが合わないってことは、ないんじゃないの?」

どんなに親切のつもりでも、二十歳そこそこの男を俺の留守にあげるなんて。

そう頻繁(ひんぱん)に何かがあるとは思っちゃいないが、でも何かあってからじゃ遅いんだから、こういう迂闊(うかつ)な真似は絶対にするな!! って。

きっと英二さんなら、怒鳴ったあとには「頼むから、心配させないでくれよっ」って、肩を落としちゃうだろうことを、僕はしているって実感はあった。

「菜っちゃん、それってさりげなく僕にまだ文句言ってる? とんでもないもの味見させられた恨みを、じつは未だに根に持ってる!?」

「もっ、持ってないよぉ!! 英二さんはどうだか知らないけど」

「――――ぷーっ」

けど、それがわかっていても、僕には彼を放ってはおけなかっただろう。

「それしても、似てるな…。年こそ少し下かな？　って感じだけど。それ以外は髪型が若干違うかな？　ぐらいで。顔も背丈も骨格も、本当に英二さんそのものだ…」

「直先輩…」

「彼、じつは外国にいる英二さんの親戚なんじゃないの!?　もしかしたら、早乙女婦人の遠縁とか」

「――――ママさんのか…」

まるで英二さんが倒れちゃうよ!!　って思うような姿を、錯覚した僕には。

目の当たりにしてしまった僕には。

あの場で彼のことを他の人に頼んだり。またそのままにして、置いてきちゃったりってことは、できなかっただろう。

「たしかに、そう考えたら。そういう可能性もなきにしも非ずだよね。ここまでそっくりだと」

もちろん、こんなに堂々と連れてきちゃった行動の裏には、今日の我が家には葉月と直先輩が確実にいる。お留守番してくれている…って事実があったからだし。二日前には、彼をマンデリン東京で見かけていたから。あそこの泊まり客なら、決して変な人ではないだろう。身なりもすごくきちんとしてるし、むしろそれなりの生活をしている人だろうな…との推測が、あったからかもしれないけど。

「ごちそうさまでした」

でも、結果的には連れてきてしまったんだから、あとは彼を信じるしかない。

彼がどうして空腹でヘロヘロとしてたのか。

僕の目の前で、力つきてしまったのか。

「どういたしまして」

彼の口から正直に話してもらったことが、葉月や直先輩に「なるほどね」って納得ができて。

英二さんにも、「それならしょうがねぇけどよ」って、笑わないまでも渋々ぐらいは許してくれて。

そういう「いきさつ」が彼にちゃんとあったことを、こうなったら僕は信じるしかなかった。

「うわぁ、どんぶりがものの見事に空っぽ!!　本当にお腹空いてたんだね――って、ところであんた誰？　どこの人なの!?」

「はっ、葉月っ!!　どうしてそう葉月はストレートなの!!　ストレート!!　失礼だよっ!!」

この、一見鋭いんだけど、優しくて。

白と黒のコントラストがはっきりくっきりで、とても綺麗で。

まるで自然の中で、本能のままに生きる動物のような。

忠実で、繊細で、邪心のない。そんな純粋な獣のような眼差しを、英二さんと同じ眼差しを、持っている彼のことを――ね。

「だって、こんなの捻(ひね)って聞いたところでしょうがないじゃん。失礼も何も、とりあえず行き倒れそうになっていたのを、わざわざ家まで連れてきて、ごはんまで食べさせたんだから、素性(すじょう)ぐらいは聞いたって罰はあたらないんじゃん？」

「葉月ぃ〜。でも、世の中には聞き方ってものが…さぁ」

「あ、いえいえ。私が悪いんです。すいません。自己紹介が遅くなりまして。おかげさまで助かりました。私はシェイク・ジャビール・アル・サウード・アル・クラハラ・アル・ファサイルといいます。どうか、お見知りおきを」

「――――はい!?」

ただし、彼からサラリと語られた異国の名前に、思わず葉月が間髪おかずに突っこみを入れたときには。僕の中に漂っていた妙な緊張感や、じつはあった「英二さん、勝手なことしてごめんなさい」って気持ちは一瞬にして消え去った。

「ですから、シェイク・ジャビール・アル・サウード……、長いのでシェイクでいいです。ただのシェイクで」

と同時に、直先輩との間で「もしかしたら、外国に住んでるママさんの親戚…？」なんていう思惑も、ものの見事に吹き飛ばされた。

「ただの、シェイク…ですか」

「ええ。ただのサラ人のシェイクで」

だって、ザ・ライト・オブノエル・ウィリアム・アルフレッド・ロード・ローレンス・オブ・レスター、通称ウィルなんて長い名前にも負けない綴り（つづ）の名前を聞かされただけでも、こりゃ本当に他人の空似だったんだ!!　と思わされたから。

「サラ人？　ですか」

「それって河童の一族!?」

「かっぱ？」

「葉月!!　真顔でくだらない冗談言わないでよ!!　英二さんじゃないんだから、英二さんじゃ!!」

「いちいち怒らないでよ、菜っちゃんっ!!」

いくら英二さんに似ている。ママさんにも似ていると思われる彼でも。シェイクという人が、僕が聞いたこともない〝サラ〟という国の人だったから。

「あっ、あの失礼ですけど。サラ…って、もしかして中近東のサラ国ですか？」

「はい。そうです。ご存知なんですか？　うちのような小国を。そうです。私は熱砂の国サラからきた、親善大使のおまけなんです」

それこそ熱砂の獣を地でいく、本物の砂漠の中にある小国、サラという異国の人だったから。

僕はその場で「世界に同じ顔は三つある」とかって言葉を、信じざるをえなかったんだ。

「親善大使のおまけぇ!?」

しかも、聞けば彼が日本にきたのは、親善大使のおまけさん（同行者ってことかな？　付き添いってことかな？　もしかして、お父さんについてきたとかって、パターンかな？）という、とても公的な立場で。

だから、日本語だってぺらぺらで。

そのうえ、宿泊先はマンデリン東京の貴賓室（一泊百二十万の究極部屋だ!!）で。

あのとき僕が見かけたのも、間違いなくシェイクだったんだ。

「はい。おまけです」

じゃあ、仮にもそんなご大層な方が、なんであんなところでウロウロしていたのか。

あげくに、空腹で行き倒れかけていたかといえば――、

「ああ、それですか。いえもう、あれは参りましたって理由なんですけどね。せっかく日本まできているんだから、歴史と文化をより楽しく学ぶために、ぜひとも花魁さんとか芸者さんとかをお招きしましょう。そして遊興に耽ったあとは、気に入ったお嬢さまの一人でもハーレムに連れて帰りましょうか？　って、ちょっと冗談を言ったんですが…本気にされて滅茶苦茶怒られてしまって。罰として絶食です!!　って叱られたんですよ。それで、日本にきてから一食も食べさせてもらえなかったんです。おかげで今のごはんが、三日ぶりですよ、三日ぶり!!　あと一歩遅かったら、私は遠い異国のコンクリートジャングルで、息絶えていたかもしれない。本当に…助かりました。感謝しています。ありがとう」

それはたまたま大使と喧嘩して、その仕打ちにとうとう耐えきれなくなった。

だから今朝になって、「もういい!!　自力で外食してやる!!」と言って、ホテルを飛び出した。

なのに、途中で財布を落として途方にくれていたにもかかわらず、突然見知らぬ女の子たちに

「キャーッ、英二ーっ!!」って追いかけられて。

シェイクが渋谷の街を疾走(しっそう)しまくって、駅前で力つきたときには、そうじゃなくても残り少なかったエネルギーをすべて使い果たしてしまい。まともに思考回路も働かなくなってきていたから、公用語の一つである英語がポロリと出て。僕に女の子を追い払ってもらった頃には、完全にヘタリこんでしまったのだそうだ。

「歴史と文化を学ぶために花魁って、芸者って」

「一人ぐらい…、ハーレムですか…」

「あっはははっ!! やっぱ、顔は心の窓だよね〜、菜っちゃん。どんなに口調が大人しくても、あの顔でそういう説明されると。そりゃ間違いなく本気で言ったから、大使にお仕置きされたんだろう!! 絶食させられたんだろうって、すごい説得力あるぅ!!」

ああ。なんて、外見も英二さん似なら、中身も英二さん似だったんだろう。

聞けば聞くほど事の発端や馬鹿馬鹿しさが、英二さんみたいだ。

『いっ、言い返せない…』

なので、さすがに僕もここだけは、「葉月!!」って怒鳴(どな)れなかった。

いや、言葉には出さなかったけれど、気持ちのうえでは同意していた。

『やっぱり、日頃の行いって大切だ…』

だって、なんかさ。

口調も声も全然違うのに、シェイクの説明ってまるで英二さん本人が、「下手な言い訳」でもしてるような感じ、そのままだったから。

憎めないっていえば、それっきりなんだけど。このやれやれって具合いが――ね。

『英二さん…、こりゃ本人そのものが、もっとイメージをクリーンにする必要があるかもよ。やっぱ、どうよどうよとかって、腰ばっか振ってる場合じゃないって。もぉっ』

ただ、あらかた説明を終えて、シェイクがすっかり僕らに打ち解けた頃だった。

「ところで、私も少しあなたたちのことを聞いていいですか？」

「僕たちのことですか？」

「はい。せっかくですので、親しくなりたいし。それから英二という方のことも、詳しく知りたいので」

シェイクは、僕らにも自己紹介してほしいなって話をふりつつも、そのあとには「英二さんって誰ですか？」って聞いてきた。

「英二さんのことですか？」

「はい。だって、私に向かって何人もの人が、英二英二って声をかけてきたんですよ。それこそ、あなたに追い払ってもらった女の子たちだけじゃなく。いかにも通りすがりの男性や、ご老人や子供。本当にいろんな人からね」

あまりに「英二」「英二」って呼ばれたものだから、そうとう気になっていたんだろう。

いや、もしかしたら、お腹が空いてたから怒れなかっただけで。ずっと知らない名前で呼ばれたことに、シェイクはそうとう気分を害していたのかもしれない。

「あ、それはですね～。説明するより、多分見てもらったほうが早いですよ、英二さん自身を♡」

だから僕はシェイクにあらためて自己紹介をしたあとに、彼に英二さんのことを話した。

「――――ご本人に、会わせていただけるんですか？　もしかして、あなた方はその英二という方のお知り合いなんですか？」

「お知り合いというか、なんというか、手っ取り早く言えば家族です」

「家族…ですか」

「はい」

この国で英二さんという人と間違われたことが、決してシェイクにとってマイナスではない。

シェイクにとって恥じることや、腹を立てたりすることではないって、説明もしたかったから。

僕は「これぞとっておきの英二さん、カッコイイシーンダイジェスト!!」っていうビデオ（当然、編集は僕だ♡）を用意すると、その場で観てもらうことにした。

「なので、本当なら直接紹介したいんですが、残念ながら今の時間は仕事なんです。ですから、ビデオでと思って」

葉月は「また観るの？」って、嫌そうな顔をしてたけど。

「ビデオ――――ですか」

だったら僕が家で撮って編集した、「大暴露!!　早乙女英二の私生活。あなたはここまで馬鹿をやれますか？　見本集」のほうが、正直でいいんじゃないの？　って顔もしてたけど。

「ええ♡　本物より、ちょっと質は落ちちゃいますけどね」

そんなもの観せた日には、もしかしたら国際問題に発展しかねないので。ここは大安全策として、僕は一昨日行われたＳＯＣＩＡＬのステージや、熱砂の獣（オトコ）のフレーズで一躍（いちやく）有名になったＣＭがいっぱい詰めこまれた。いや、これこそが真の英二さん（ちょっと偽りあり？）だよ!!　というビデオをお披露目した。

「彼が、英二さん。早乙女英二さんです」

「――……ぇ!!　私に、そっくりじゃないですか」

すると、まさかこんなに似ているとは、思わなかったんだろう。シェイクはテレビに映った英二さんの姿に、唖然としながらも声を発した。

「しかも、熱砂の獣（オトコ）だなんて――」

特にＣＭのアラビアの王様風衣装、真っ白なカンドゥーラを身にまとっている姿には、食い入るように観入っていた。

きっと、シェイクも同じような姿をしたことがあるのかもしれない。大使と一緒に日本にきちゃうような、立場の人だし。

そしてその姿は私服姿より、もっと二人を似せて見せたんだろう。

コスチュームという共通のアイテムが加わることで、二人の印象はさらにかぶって見えるはずだから。

たとえばシェイクがレオポンのスーツで、英二さんとまったく同じ着こなしをしたら、今よりさらに英二さんっぽく見えるように。

「似ているでしょう、シェイクに。僕も菜月も直先輩も、だからシェイクを見たときに、ものすごくビックリしたんです。特に僕は、すぐにシェイクが英二さんじゃないってわかったから…、本当にポカンとしちゃったんですよ」

だから僕はそんなシェイクに、感じるまま、思うがままに語ってみた。

「特に、菜月が？」

さすがにこの場ではキャッキャッはしなかったけど、英二さんはこんなに素敵な人なの。

誰もがその姿に溜め息をつくことはあっても、詰ることなんかないし。羨望の眼差しで見ることはあっても、中傷することはない。

そういう最高のモデルさんであり、容姿を持った人なんだよって。

「ええ。だって、じつは僕、一昨日マンデリン東京に行ったときに、すでにシェイクの姿を一度見かけてたから」

「――――ホテルで？」

「はい。一瞬でしたけど、たまたま廊下で。僕はスタッフとして、ショーやパーティーのお手伝いもしてたから、それで…ね」

「ショーやパーティーお手伝い…。ああ、あの大量の花が贈られていた。何事かと思って見ていたんだけど、あのショーやパーティーの主役が、私が間違われた〝英二〟という人だったんですね」

だから、そういうギラギラでカッコイイ英二さんだから、「街で英二さんと間違われたことを、嫌だって思わないで」「腹立たしいって、感じないで」って、僕は一生懸命アピールしたんだ。

「そのとおり！　だから僕はシェイクを見つけた瞬間、なんて不思議なこともあるんだろうって、心から思ったんです。世の中にはこんなに似ている人がいるのかな？　って。姿形だけじゃなくて、内面から湧き出るような、オーラみたいなものまで似ていて…。こんなに人を惹きつけて、視線を逸らさせない人が、まだまだたくさんいるんだな〜って」

「――――…菜月」

僕の英二さんは、こんなに素敵な人なんだよ。

だからシェイクの姿を見ると、みんなが声をかけたり、追いかけたりもするんだって。

「逆を言えばシェイクを知っている人が英二さんを見たら、同じように間違えるかもしれませんよ。英二さんに向かって、シェイクって呼ぶかもしれません。それぐらい二人は持ってるムードまで、似てるんです。ただし、蓋を開けたら英二さんのほうが、そうとう下品でべらんめいな人ですけどね」

だって、彼は大都会に生きる、獣なんだもの。

そのエネルギーと雄々しさと圧倒的な力で、サバンナを駆け抜ける。世界中を駆け抜けては人々を魅了し続ける、灼熱の太陽よりも熱い、そんな獣なんだからって。

「そう、そうだったんですか。でも、そう言われるとそうなのかもしれませんね。私がこれだけ間違われたんだから、場所を変えれば彼もまた、私に間違われるのかもしれない――」

すると、シェイクさんは画面に映る英二さんから視線を逸らすと、決して嫌な顔はしなかったけど、なぜか寂(さび)しそうな目をした。

「でも、誰が間違えても菜月は、私たちを見分けるんですよね？　きっと、間違えることはないんですよね？」

「え？」

僕のほうをじっと見ると、とても意味深というか、不可解というか。そういう言葉も呟いた。

「いえ。時に不思議なことと不公平なことって、同じところにあるものなのかもしれないって」

不思議なことと不公平なことって、なんだろう？

「熱砂の獣(オトコ)――か」

不思議なことは、二人があまりに似ている。国さえ違うのに、そっくりだってことだろうけど。

じゃあ、不公平って!?

「私も彼のように、あんなふうに、猛然と砂漠を駆け抜けてみたいものですね――」

『シェイク…？』

どうしてだろう？

僕はこのときどうしてか、シェイクが英二さんをうらやんでいるように見えた。

モデルだから？　テレビに出るような人だから？　それとも、ＳＯＣＩＡＬの御曹司だから？

「駆け抜けた先にはきっと――――きっと…」

いや、そうじゃない。そういうものへの〝いいな〟じゃない。

うらやましいじゃない。

じゃあ、英二さんの何にいったい？　って、僕はシェイクに問いかけようとした。

「たいしたものはないよ。あっても海だよ。だってあれ、撮影は鳥取砂丘だから。予算がなかったから、国内ですませたんだからさ♡」

『葉月っ!!』

「――――っ!!　あ、そうなんですか。走りきっちゃうと、海なんですか!!」

けど、それは葉月のかましで玉砕した。

「そ。もしくは、すぐに道路だね」

なんだか今日は、やけにかましてるぞ!!　って話に、さっさとムードが流された。

「あっ、あっははは。それはいい。それは、いいですね。憧れだな～、走りきったら海だなんて。自分の足で、海まで走りつける国だなんて。サラでは考えられない」

ただ、それは結果的にはシェイクには楽しそうなことだったから、僕は「まあいいか」って思った。

変なことをうっかり聞いて、いきなり落ちこまれるような展開になっても困るし。

『豪快に笑ってると、ほんとに英二さんみたい』

何より、英二さんに似すぎるぐらい似ているシェイクには、笑顔でいてほしかったから。

憂鬱（ゆううつ）な顔は、してほしくなかったから。

『でも、やっぱりどう見てもシェイクのほうが上品か。あはっ♡』

だから僕はこのときだけは、葉月と一緒になって、撮影の裏話なんかを暴露していた。

歯止め役はすべて直先輩に任せて、二人で暴走話を続けた。


「今日は、本当にありがとう。またあらためてお礼に伺います。そのときはぜひ、直に英二とも会ってみたいです」

そして気がついたら楽しい数時間を一緒に過ごして、僕たちは不思議な出会いに笑顔を振りまきながらも、再会の約束をした。

「お礼なんか気にしないでいいですから、ちゃんと大使さんと仲直りしてくださいね。それに、ぜひ次は、英二さんとも対面してください。きっと英二さんもビックリするはずだから」

それがいつになるとか、どういうものになるとかは、何も決めなかったけど。

「ええ――――それじゃ、また」

なんだかそういう堅苦しいものは決めなくても、シェイクとはまた会えそうな気がしたから。

「またね!!」

本当に次には英二さんがいるときに、みんなで「似てる、似てるー!!」って、見比べながらも騒げそうな、そんな気がしたから。

ただ、それがまさかこのマンションじゃなく。

都内のどっかで待ち合わせ――とかでもなく。

熱砂の国・サラになるとは、さすがに誰も予想はしてなかったけどね。

4

僕らの前に、「シェイクの使者」であり「サラ国日本大使補佐官」だと名乗る、眩いばかりの美青年とその連れが現れたのは、それから三日後のことだった。

「朝倉菜月さまですか？　初めてお目にかかります。私は、サラ国日本大使補佐官を務めております、ナージ・アブドルアジーズ・アル・サバーハ・アル・ラシードと申します」

はっきりいってその三日の間、英二さんは僕にお説教したり、でも「そんなにそっくりなら会ってみたかったな〜。で、どっちが男前だった？」って、やきもち全開で。僕は毎晩毎晩話も体も突っこまれまくって、そりゃ大変だった。

「――――はっ、はぁ？」

まぁ、それでも直先輩が。きちんとサラという国のことも、大使が来日していてマンデリン東京に滞在しているという事実も、ホテル側に確認してくれて。

英二さん本人もマンデリンの支配人さんに直に電話して、同行しているシェイク…（省略!!）アル・ファサイルという人が、本当に自分とそっくりなのかを確かめて。

彼が言ったことには、何一つ嘘がない。

僕の証言とすべてが一致しているってことがわかると、「でも次はもうするなよ！　たとえ俺に似てても、俺じゃない男には親切心は起こすな!!」って言って、わざとらしいぐらいにふて腐れるのはやめてくれたけど――。

「先日は、私どものシェイク・ジャビール・サウード・アル・クラハラ・アル・ファサイルが、大変お世話になりました」

「シェイク?」

でも、それでもシェイクってどんなやつなんだろう?

誰もが口をそろえて「似ている」と言うが、そんなに似ているんだろうか? と、英二さんが首を傾げている矢先に使者である彼が現れたものだから。マンションの玄関には、「どれどれ」とばかりに、英二さんも出てきた。

葉月や、たまたま遊びにきていた直先輩も出てきた。

「はい。菜月さまやみなさまには大変お世話になったと、それは嬉しそうに申しておりました。シエイクに代わり、心よりお礼申し上げます」

そして僕らは四人そろって、彼から深々と頭を下げられた。

なんだか一瞬にして、マンションの玄関が王宮のエントランスにでもなったような、そんな丁寧なご挨拶を受けた。

「――はい、そっ、それはよかったです。ナージ・アブ…」

僕のお返事に緊張が走った。

「アブ…アブ…アブ…？」

なぜなら彼は、ピシリと着こまれたスーツに柔らかな笑顔が似合う、二十代後半…いや三十手前ぐらいの人だったんけど。

丁寧かつ流暢な日本語は、さすがは大使関係者。いや、大使補佐官さんだけあって、とても綺麗で滑らかなうえに、上品な発音をする「まさにとっても偉そうな方!!」だったんだ。

「ナージとお呼びください」

「はい。ナージさん♡」

舌を噛みそうな名前さえ、高貴な方の証に思えるほどで。僕には貰ってしまった名刺が重たく感じるだけではなく、なんだかそれがキラキラに輝いて見えた。

「つきましては、菜月さま。ささやかですがお礼の場を設けましたので、これから私とご一緒していただけませんか？」

けど、それより何より僕を感動させたのは、ナージさんの美しさというか華美さというか、溜め息が出そうなほどの容姿のほうで――――。

『それにしても、綺麗な人だな…』

タイプや印象だけで分けるなら、彼は僕が知る中では珠莉さんに一番イメージが近かった。

長身でスレンダーで、なのに繊細でユニセックスなムードたっぷりの超美人さんだった。

特に、日に焼けた肌に背を覆うほどの長い金糸がよく映えて。見つめられたら吸いこまれそうな碧眼は、まるで王冠にはめこまれた宝石のようで。

「さほどお手間は取らせません。よろしければ、ご家族の方々もご一緒に――」

「はっ、はい」

正直、英二さんにそっくりなシェイクが「熱砂の国の人」だと言われても、ちょっと違和感があったけど、ナージさんはたしかに「うんうん」って感じの人で。

一緒に現れたお連れさんにしても、焼けた肌に精悍なマスクの、いかにもアラブ人!! って感じの。彼らこそが僕らが普通にイメージする、「熱砂の国の人」だった。

「どうする？　英二さん」

僕は、偶然とはいえその場にはみんながいたこともあって、「一人で出向くわけじゃないなら、行ってみたいな♡」「改めてシェイクと英二さんに、対面してほしいな」って、気持ちで英二さんに問いかけた。

「うーん」

英二さんは、悩んでいた。

多分、相手に対しては自分もしっかり確かめて納得していたので、うさんくさいとか心配だとかは思っていないみたい。けど、すでに時計が八時を回っていたから、きっと「こんな時間から？今から出かけたら、帰りは何時だ!?」って、単純に思ったんだろう。

しかもこれは、「もう飯の用意をしちまったのに、だったらあと一時間早く誘いにこいよ！」って顔つきだ。

「いいじゃん、いいじゃん、お兄さま～。国際親善、国際親善♡　ねぇ、直先輩」

けど、そんな英二さんを小突きながらも、葉月はうかれて「行こう行こう」とせっついた。

言葉には出さないけど、大使関係者がお礼にご馳走してくれるんなら、さぞすごいんだろう♡

なんせ相手はマンデリンの貴賓室に泊まってるぐらいだからね!!　という期待が見え見えだ。

「どうしますか？　英二さん」

それに反して直先輩はいたって冷静で。そしてあくまでも決定権と主導権は、ここの主である英二さんに委ねきっていた。

「英二さん」

とはいえ、三方からそれなりに興味津々、ご馳走ご馳走♡　という眼差しを向けられると、英二さんも無下にはだめとは言えず――。

「しょうがねぇな。んじゃあ、行くか」

「やったー♡」

「わーい♡」

はしゃぐ僕と葉月に苦笑しつつも、直先輩とともにリビングへと戻ると、今食べようとしていたはずの夕飯を手早く冷蔵庫へとしまいこんだ。

「菜月、葉月、着替えろ!!」

「はーい♡」

そして僕らに出かける支度を指示しつつも直先輩を呼びつけると、

「直也、ピッタリといかねぇだろうが、とりあえず俺ので我慢しとけ。たしか、靴のサイズは一緒だったよな？」

「あ、すみません」

英二さんは自分のクローゼットの中から直先輩に好きなスーツを選ばせ、自分もスーツに着替えると、完璧に支度を整えた。

相手が相手だけに、どこに連れて行かれるのかはわからない。けど、これならどんなところに連れて行かれても、大概はＯＫでしょう♡　ってスタイルには着替えた。

「お手間を取らしてしまって、申し訳ありません。そのままでもよろしかったのに」

「いや、別に」

英二さんはＳＯＣＩＡＬのダブルスーツに、シンプルめなレオポンのシャツを合わせ。あえてネクタイはせずに、かなりラフラフなスタイルを演出していた。

でも、こういうときには大概ポケットにはネクタイを忍ばせているから、きっと連れていかれた場所によってはそれを締めることで、あっという間に専務さまに早変わりできるんだろう。一着のスーツを軽くも重くも着こなす、とっても英二さんっぽい着こなし方だ。

「では、表に車を用意してありますので」

「どうも」

そして直先輩は、英二さんからつい数日前に新作発表されたばかりのnew-ageのカジュアルスーツを借りると、ラフなそれをあえてピシリと着こんで、正統派の王子さまっぽい装いをした。

制服姿のときよりは二つぐらい上に見えて、なんかもう大学生みたい。

「いくぞ、お前ら」

「はーい♡」

で、僕と葉月はといえば。

皇一さんが前に「お年玉代わりに」って、わざわざ僕たちをモチーフにデザインしてくれた、レオポン・ジュニア（どうして突然子供向けになるのかは、突っこんではいけない）のパンツスーツ（二人おそろいなんだけど、微妙にデザインが違っていて。帝子さんとママさんは、双子アイドルちゃんの衣装みたーい♡　と大はしゃぎした代物（しろもの）だ）を着こんでいて。

四人並ぶとまったく統一性がないのに同ブランド!!　というのが、なかなかナイスなコーディネイトだった。

「さーってと、どこに連れて行って――――って!!　リムジンだ!!」

が、そんなお出かけ気分はマンションの外に出た瞬間に吹っ飛んだ。

「1、2、3、4…片面でフォードアだ。何物？　コレ。東京の道路事情でちゃんと走れるの!?

間違って袋小路に入っちゃったら、曲がれないんじゃないの？　この車」

僕たちを出迎えたのは、夜に一際目立つ真っ白なリムジン。

しかも、僕の記憶ではこういう車はアカデミーショーの中継とかで見るもので、実際目の前にあったり乗ったりできる代物じゃない。

あの城持ちのジジイのところでさえ、たしか送迎は気合いの入ったキャデラックだったし。

「さ、どうぞ」

なのに、すかさずお連れさんたちにドアを開かれ。まるで応接室がそのままそこにあるような車内へと勧められると、僕は思わず英二さんの顔を見た。

もしかしたら、けっこうスゴイコトになりつつあるのかな？　ってワクワクしつつも、かなりドキドキとしていたから。

「ほら、先に乗れ」

すると英二さんは、溜め息混じりにスーツのポケットからネクタイを取り出すと、それを首に引っかけながらも僕や葉月に先に乗るよう指示を出した。

「直也」

「はい」

そして直先輩を先に乗せ、最後に自分が乗りこんでナージさんにパタンと扉を閉められると、

「こりゃやっぱ、ノーネクタイじゃ行けないところに連れて行かれるんだろうな～」

英二さんは苦笑しつつも、面倒くさそうにネクタイを緩めに締めた。

「マンデリン東京の貴賓室あたりですみゃいいが――なぁ」

「はぁ…どうでしょうね？」

目的地に着いたらすかさずピシリとできるように。

ラフラフなスタイルから一瞬にして、紳士で専務なスタイルになれるように。

ただ英二さんの顔にははっきりと、「今夜はざっくばらんに、家で寄せ鍋したかったな〜」と表れていたけど――ね。

『ごめんね、英二さん。でも、今夜もすっごくカッコいいよ♡』


そんな僕らを乗せて、豪華なリムジンは夜の街を走り続けた。

果たして南青山からいったいどこに連れていかれるのか、スモーク張りのうえにカーテンまでかけられた窓ガラスからは、容易に想像がつかない。

なんか失礼そうなので、顔を出して覗くわけにもいかないし。だから僕と葉月は、赤坂あたりにでも連れて行かれるのだろうか？　それとも銀座？　なんて想像していた。

もしくはマンデリン東京の貴賓室？　さぞゴージャス&デラックスなリビングとかダイニングとかがあるんだろうけど。でもまだあそこなら、建物に馴染みがあるだけいいかもしれないけどね…

なんて話もしていた。

「それにしても、なかなか着かないね」

「うん」

けれど、それにしては何か変じゃない？　やけに遠出じゃない？

「なんか、上にのぼってるっていうか、上がってる感じしない？」

「螺旋（らせん）の高速道路――じゃあないよね？」

本当にこれってただの道を走ってるのかな？　って感じた頃、僕らは初めてナージさんから声をかけられた。

「みなさま。おくつろぎのところ申し訳ございませんが、しばらくそのままのお席で、シートベルトをお願いできますか」

「シートベルト？」

「はい。離陸いたしますので」

「離陸!?」

そして車がいつの間にか、空港らしきところに着いていた。

それどころか、車ごとすでに飛行機に乗りこんでいた！　おまけにこのまま飛ぼうとしている!!

ってことを知らされた。

「って、ちょっと待て!!　なんだその離陸っていうのはよ!!」

「うっそーっ!!　どこに飛ぶつもりなのー!?」

「もしかして大阪とか京都まで行っちゃうの!?　それとも北海道とか!?」

これは、あまりにワクワクドキドキしすぎてて、前の座席にいたナージさんに「どこに連れて行ってくれるんですか〜?」って聞かなかったことが災いだった。

いや、これまでにいろいろと別世界にいるような人たちとは会ってきたと思うんだけど。さすがに「外国の大使がらみ!!」なんて人は初めてだったから。僕らは遠慮が先にたって、はっきりと行き先を聞けなかっただけなんだけど…。

「すぐそこですから、ご心配なさらずに」

でも、それにしたってまさか「すぐそこ」だと言われて「国外」に連れ出されるなんて、そのときには誰も想像できなかった。

だから、僕らはナージさんの言葉を鵜呑(うの)みにするままシートベルトを締めると、僕らの力だけでは決して引き返すことのできないところまで、一気にサラ国までご招待されてしまったんだ。

これこそアラビアンナイトに出てくる、ランプの精のしわざだろうか?　としか思えない成りゆきのまま、熱砂の国サラへと——。

うん。僕らが車ごと乗った飛行機は、俗にいうサラ国所有の自家用ジェット(しかもジャンボだ!!)というものだったんだ。

「さ、こちらでおくつろぎください」

離陸してから車を降りて案内された機内には、「どこぞのお城の広間か!?」みたいなつくりの巨大なワンルーム空間で。

フカフカな絨毯が敷き詰められた床の上には、しっかりと固定された高級家具や応接セットがドドンと並んでいて。

そして僕らはそこでナージさんから、「とりあえず軽く召し上がってください」と言われて、食べきれないほどのご馳走を出されると。食後には、「お休みになる際は、お二階に寝室が用意されていますので、どうぞごゆっくりとおくつろぎください。シャワールームも完備してありますし、お着替えもご用意させていただいておりますので」とニッコリされて、これまでに培ってきたはずの一般常識を、ことごとくぶち壊された。

「────うそぉ…。砂漠だ」

「ここはどこっ？　鳥取砂丘じゃないよね!?　なのになんで一面砂漠なの、菜っちゃーんっ!!」

だって、飛行機の中がサロンみたいになっているのまでなら、まだ映画とか漫画で見たことがあるから頷けるけど。

一階に応接間と厨房があって、二階に寝室とシャワールームって何物!?　そりゃもう空飛ぶホテルでしょう!?　マンションでしょう!?　家でしょう!?　って感じだったから。

「おいおい、そんなことより俺たちパスポートもビザもなんにもねぇのに、これってありなのかよ？」

「いきなり密入国者扱いで連行されたりしないんですかね？」

もちろん「気流が乱れているので」なんて注意のアナウンスが入ったり、いたるところにシートベルトがあったり。何気なく窓から覗いた景色が雲しかない!! なんていうのは、どう考えたって飛行機の中なんだろうけどさ――。

「ご安心ください。すでに私どもの国のほうでは手続きはすんでおります。みなさまは我が国の国賓でいらっしゃいます。お帰りになる際にも、責任を持ってご自宅まで送らせていただきますので」

でも、誰がどう考えても「ささやかなお礼の場」で「すぐそこ」が外国になっちゃうとは思うまい。

そんなのどんなに田舎の人に、「すぐそこよ」と言われて隣の家まで歩いてみたら、なんと一時間もかかったよ!! っていうのとは、レベルが違うだろう。

たとえアメリカの大草原の小さな家に住んでいて、自家用機を飛ばさなくては街にも行けない!! なんてところに住んでいたとしても、「すぐそこ」が「海を渡った異国!!」なんてことはありえない。

「ここまでされて、どう安心しろっていうんだかよ…。安心って言葉の使い方、間違えて覚えたんじゃねぇのか、あいつ」

「英二さん…」

にもかかわらず、僕らは半信半疑のままサラの空港に降り立つと、再びリムジンで「お礼の場」へと連れて行かれた。

そしてマンションを出てからざっと半日近くはたっただろうか？

僕らは日本よりは四〜五時間遅れだと思われる深夜のサラ（英二さん曰く、現地時間おそらく三時頃）で、まさに月の砂漠の中にある宮殿？　のような建物までたどり着くと、その玄関先でようやくシェイク本人に再会することができた。

「菜月ー!!」

真っ白なカンドゥーラに身を包み、頭にはカフィーアをなびかせ、石造りの階段を駆け下りてきた。まるで英二さんのＣＭそのものを再現しているようなシェイクに。

「シェイク…」

「会いたかったよ!!　こんなところまで呼んでしまって、本当にごめんね」

僕は長い腕を力いっぱい広げて満面の笑みを浮かべられると、そのまま腕の中へと抱きしめられた。

「!?

!?」

と思ったんだけど…。

「あ〜ん、本当にそっくり〜。英二感動〜♡　ドキドキしっちゃーう」

英二さんは僕の肩をとっさに引っ張り、自分がシェイクの腕の中にスッポリと収まると、わざとらしいぐらいにオネエ言葉を炸裂した。

「いっ!!」

そのうえ驚いて引きかけたシェイクを自ら抱き返し、「それでも俺のほうが、若干背が高いみたいだな～」と嫌味ったらしく見下ろして、ニヤリとした。

「わざわざこんなところまで連れてこられた甲斐があったぜ。なぁ、砂漠の国の色男さんよ」

しかも英二さんはここぞとばかりに目つきを鋭くして、「人のもんに気安く手なんかのばしてんじゃねぇよ!!」って、あからさまなぐらいにシェイクを威嚇すると。人のテリトリーに入ってくんな!! って、本気で睨みつけた。

『英二さん…』

ああ、僕。こんなときだっていうのに、熱くなる――。

「本当に、私もあなたに会えて嬉しいです」

けど、そんな英二さんにシェイクは、鏡にでも映したような鋭い眼差しと微笑を見せると、ご挨拶なんだろうけど――英二さんの頬に軽くキスをして。

「ようこそ、我がサラ国へ」

「――っ!!」

「ぎゃあーっ」

「うわっ…」

英二さんを絶句させたどころか、僕たちまでをも一瞬にして絶叫させた。

『あっ、あ～あ…』

やっぱりこの手の顔は、ただ者じゃないらしかったけど…怖ーいっ!!

何か修羅場の予感を感じさせる黄砂が吹き荒れた中、僕らが事の成りゆきというか、現状というか。大使のおまけだと言っていたシェイクが本当はどういう人だったのかを把握したのは、イスラム建築を極めて建てられたような、巨大な宮殿の中に案内されたときだった。

「大変遅くなりましたシェイク皇子。途中気流が乱れていたので、少しばかり到着時間がずれてしまいまして」

「いや、いいよ。ご苦労だったね、ナージ」

僕らは廊下を歩きながら、何気なく交わされたナージさんとシェイクの会話から、シェイクがこの国の皇子と呼ばれる身分の人であることを知った。

『――皇子!?』

そしてそのあとに応接室で正式に受けたご挨拶によって、彼がこの国の元首・ファサイル皇帝の息子であり、また次期皇帝選挙では当選確実と言われている次世代のサラ国の皇帝候補であることを知らされた。

「ねぇねぇ、同じ顔でもあっちは次期皇帝だってよ～、お兄さま」

「るせぇな。しょせんは二世議員とかわらんだろうがよ!! 選挙があるっていうんだからよっ」

と同時に、そのあとの簡単な説明により。僕らはこのサラという熱砂の国が、じつは砂漠の国にあって砂漠の掟を持たない、かなり特殊な国だということを理解した。

「にっ、二世議員って言う!? なんか夢も希望もないじゃんよぉ」

「あっはは。英二さんらしいですね。その言い方」

そもそもサラという国は、その昔この土地に住んでいたアラブ人やクルド人に油田開拓のための異民族が加わって作られた、小さいながらもとても裕福な独立国で。まるで砂漠の中に小さなアメリカがあるような多民族国家・多宗教国家であり、また建国のときから王族を持たない完全民主主義の国なんだそうだ。

ただ、そのわりには人種差別もなければ激しい貧富の差もないから、年を追うごとにハーフやクオーターも自然と増え。結果的には人種にコレといった統一性がない、公用語もアラビア語に英語にフランス語が入り乱れて、変な訛りがついたりしてしまったという——摩訶不思議な国になっていた。

だから、僕らは宮殿に入って応接間に案内されるまでの間にも、夜間勤務の警備員さんかな？シェイクのように不思議なほど日本人っぽく見える人から、いかにも灼熱の太陽の国の人です!!って人。またヨーロッパからきたように見える人まで、かなりバラエティに富んだ人たちと擦れ違った。

例えが変というか、僕の教養が足りないだけだけど。印象だけでいうなら砂漠の中にある、イッツ・ア・スモール・ワールドみたいな感じだ。

背景が砂漠の国で同じなのに、いろんなお人形さんが楽しそうにクルクルしてたら、きっとそれがサラ国なんじゃないかと思う。なんとも、世界は一つ。人類みな兄弟みたいなフレーズを、凝縮したような国だった。

「菜月、菜月」

「あ、はい!!」

そのためか、外見だけならこの宮殿も、重厚な石造りの外壁にドーム型の屋根という、イスラム建築を代表するダマスクスの大モスクのようだったけど。内装はといえばいろんな様式がいいとこ取りのように取り入れられていて、独特な空間を作っていた。

見上げるような高い天井にはモザイクタイルの幾何学模様ではなく、あえて同じタイルを使って花鳥風月みたいなものが描かれていたりして。

これはこれで一風変わった和製アラビアンナイトの舞台のようだ。

『まさか、お礼って…。あのどんぶりのためにおなかを壊したから、そのお礼参りとかってやつじゃないよね？』

ただ、そんなことはともかくとして。

僕が一番ビクビクしていたのは、こんなご大層な宮殿にお住まいになっているような異国の皇子さまに、もしかしたらお腹を壊す可能性もなきにしも非ずだった、自作の目玉焼きどんぶりを食べさせたことだった。

「本当に、突然こんな場所まで連れてきてしまってごめんね。でも、また会えて本当に嬉しいよ。君は私の命の恩人だ」

「え？」

しかもそれが大げさにも「命の恩人」になって、両手をギュッと握られて、決め顔まで英二さんと同じなのは勘弁してください!!　という笑顔で、ニッコリとされてしまうはめになったことだった。

「彼とも、英二とも会えて…本当に嬉しいよ」

何より、決して笑顔は崩さないシェイクだったけど、英二さんにはどこか挑戦的で…。

「まるで生き別れた兄弟にでも出会ったような、そんな気がして――」

「ええ、そうですね。どうしてあなたが雄二じゃないのか、不思議なぐらいだな」

それを受けた英二さんの背後に明らかに稲妻が光ったことから、僕のビクビクは増えることがあっても、決して減ることはなかった。

「ねぇねぇ、お兄様。顔が似ると好みも似るもんなのかな？」

「そうかもしれねぇなっ。お前らもともと同じ顔して、直也にホレてたわけだしなっ」

「あっ、やぶへびだった」

なのに、葉月がよけいなことばっかり言うもんだから、英二さんの目つきは悪くなる一方で…。

「ところで、大使補佐官とやら。ご対面がすんで形式的な礼もすんだ。おもてなしとやらも機内でしこたましてもらった。慌ただしいようだか、そろそろ俺たちを帰してくれないか？　今から帰ったところで丸々一日仕事にはならないが、それでも明日には出勤できる。こいつらは学生で春休みだが、俺は勤め人なんでね」

英二さんはシェイクやナージさんに向かって「もういいだろう」と告げると、スッと席を立ち上がった。

今すぐ帰るぞと、僕たちにも合図を送った。

「それは、申し訳ありません。ですが、こちらで場を設けているというのは、じつは明日の皇子のバースディーパーティーのことなので。どうか皆さまには、明後日まではご滞在くださるようお願いいたします」

けれど、そんな英二さんの腕にナージさんの手がかかり、長い金髪が波のようにゆれて。英二さんを引きとめながらも少し見上げた貌(かお)がなんとも色っぽく見えると、僕のビクビクは一瞬にしてドキンとしたものになった。

「何!?　明後日だ!?」

「はい。明日にはぜひとも皇子のご友人として、パーティーにご列席いただきたいのです。せっかくご縁があって親しくなったと皇子も喜んでおられましたし、二十歳の記念すべきパーティーでもありますので」

清楚なイメージさえあった美貌や碧い瞳が、一瞬ゾクリとするような艶を放つ。

「記念すべき…ね」

ピシリと着こまれていたスーツが禁欲的にさえ見え、僕は思わずナージさんが触れている腕とは反対側の腕に、両手を伸ばして絡みつかせてしまった。

この人は僕のダーリンなのっ!! って。自分ではわからないけど、きっとそういう顔をしてしまった。

「あん？」

「あ、失礼いたしました」

そんな僕に英二さんはニヤリと笑い、ナージさんは慌てて手を引っこめた。

「すみません。あまりに早乙女さまが皇子に似ておられるので。つい私も、初めてお会いしたような気がしなくて――」

ナージさんは僕の態度にいやな顔一つせずに謝罪をすると、初めて僕らに対して、英二さんとシエイクが似ていることへの感想を漏らした。

だからつい普段の調子でって、なんだか照れくさそうに微笑んだ。

「あ、いえ。その…」

僕はそんなナージさんを見ていると、なんて恥ずかしい行動をしてしまったんだろうと、頬が熱くなった。

そのまま英二さんの腕で、顔を隠してしまった。

だって、いくらナージさんがめちゃくちゃ危機感を覚える美人さんだったとしても、誰の目から見てもわかる嫉妬をしてしまったんだと思うと――――、穴があったら入りたい気分だったから。

「本当に、似ていらっしゃる。砂漠どころか海さえ越えた遠い異国に、こんなに似ている方がいらっしゃるだなんて…。まるで夢を見ているようです」

ただ、そんな僕の反応がおかしかったのか。それとも「これはいい」とでも思ったのか。英二さんは僕とナージさんを見比べると、「ふ〜ん」って顔をした。

僕のやきもちをからかうような、嬉しいような、どちらとも取れる意味深な顔をした。

「早乙女さま。お仕事がお忙しいのはお察しいたしますが、どうかこれもご縁と思って、ご滞在くださいませんか？　大切なお時間を拝借してしまう分のお詫びは、私が責任を持っていたしましょう。サラ政府、大使補佐官であるこの私が、ＳＯＣＩＡＬの専務でいらっしゃる、早乙女さまに」

「なるほど。どうせなら持て余した時間に、ここで仕事をしていってかまわないからってことか。だったら、ＯＫだ。たしかに、これも何かの縁のようだからな――――」

そして、ナージさんとの間に一つのビジネスらしき会話が成り立つと、英二さんは一応明後日までの滞在を承諾した。

「ありがとうございます。では、フライト時間や時差もあり、大変お疲れでしょう。お部屋をご用意しておりますので、お昼過ぎまではごゆっくりと休みください。午後になりましたら、皇子や私どもが皆さまを、サラの首都・ファサイルへとご案内申し上げます。夜には簡単ではありますが、うちうちで晩餐会のご用意もありますので――」

その場はナージさんの言葉に従い、僕らは用意されたお部屋で昼までの一時を過ごすこととなった。

「ごめんね、菜月。いきなりこんなところに連れてきてしまって。本当は、翌日にでも私がお礼を持って菜月のマンションに訪ねたかったんだけど。どうしても公用の仕事があったことと、パーティーのために帰国しなければならなかったんで、時間が取れなかったんだ。それに、このあともしばらくは勉強のために大使のおまけで各国を回らなければならなくって――、日本に行けるのは半年以上も先のことだったから…。それで私が沈んでいたら、ナージが気を利かせてくれて…」

「シェイク…」

不思議な空間で、不思議な時間が流れていく。

「でも、こんな無茶なことをして申し訳ないとは思いつつ、君にも葉月にも直也にも、そして英二にも会えて嬉しいよ。わずかな時間だけど、同じ時を過ごせることが…私にはとてもね」

「――」

右を向いても左を向いても英二さんがいる…わけじゃないんだけど。

「じゃあ、疲れているだろうから、少し休んで。またあとでね――」

それほど似ているシェイクとこの熱砂の国は、僕らを平凡な日常の世界から、突然夢のような異世界へと運んでいった。

「それにしたって、なにもん!?　この部屋。室内なのに温水プールとシャワールームがついてるよ、菜っちゃん」

そして僕らは、サラの自家用ジャンボジェットにも驚かされたけど、「お昼寝でもしてください」って感覚で案内された客間には、さらに顎が外れそうになった。

「────っていうか、そもそもこの広さは何!?　天井の高さが高さだから、まるで学校の体育館みたいだよ。ただし、フローリングの代わりに絨毯。照明の代わりにシャンデリア。窓ガラスの代わりにはステンド硝子。いったいどこに座れっていうのさ!?　ってぐらいに何組ものテーブルやソファセットがあって…、ごろ寝なら百人は軽くお泊まりできそうなここが客間なの!?　しかもベッドがキングサイズとはいえ、一つしかないってことは、ここきっと一組用の部屋だよね？」

多分、僕らの着いた時間が時間だったので、こういう時間を設けてくれたんだとは思うけど…。

それにしたって、もう昨夜からどこを見ても桁外れにキラキラなうえにデラックスなもんだから、僕や葉月の感覚程度では、価値観さえもが鈍くなっているような気がした。

「うわーっ、菜っちゃん!!　続き部屋にまったく同じ部屋があるよ!!　左右お好きなように使われてくださいとか言ってたけど。僕ら四人でこの部屋二つ使えってことは、目が覚めた頃には一人ぐらい行方不明になってるかもしれないよ!!　これなら、ジジイのところのほうがまだ、控えめだった気がするよぉっ」

目もくらむような煌びやかさと、歴史を感じさせる世界。

自分の視界だけでは、すべてを納めきれないほど豪華で広い空間。

「さすがに桁外れですね、英二さん。広大な油田を持つ国は。たしか、国の広さだけでいったら、ここは九州ぐらいしかないはずのに…」

「まぁな。その地下には計り知れないほどの原油が眠り、室内にはプールが作れるほどの豊富なオアシスがある。どれほど見わたす限りの黄砂に囲まれた国であっても、今の世の中、石油と水があれば怖いものなしだ。この国の人間は、金の上に家を建てて住んでるようなもんなんだろう」

なのに、直先輩と英二さんの会話の中には、それでもちゃんと現実があった。

「しかも多民族国家の民主主義とはいっても、原油の管理と販売に関しては国営になっているから、極端な貧富の差は生じない。税金が安くて平均年収が高く、そのうえ物価が安いときたら人間の情緒そのものが安定する。だから、結果的には治安がいい。教育も行き届いていて、一般人の教養そのものも高い。おそらく、この国じゃ誰が皇子だといわれても不思議がないほど、品のある人間ばかりが住んでいるんだろうよ。まったく、同じ油田を持つにしたって、貧富の差が激しい近辺の国とは、偉い違いだ」

「そうですね」

「ただ、文武両道を地で行くこの国には、漠然とした平和ボケはない。中学必修科目に軍事教育が入っているし、高校や大学には他国への軍事留学制度なんてものまである。ってことは、一度牙を剥けば最低でも、瞬時に国民の七割が兵士になって、死ぬ気で国を守れる。そういう気合いの入った人間の集まりだけどな」

「中学の必修に…、軍事教育？」

僕には見えない、まったくわからない、熱砂の国サラの。

石油の国サラの、現実があった。

「ああ。それだけ、外敵から身を守りつつも国益を守って繁栄を続けるということが、難しいってことさ。守るためには力がいる。攻めるよりも、もっともっと強い底力のようなものがいる。それをこの国の人間は、教育課程の中で身につけていくんだ。他国を攻めるための力じゃない。あくまでも自国を守るための、力としてな」

「同じ自衛の考え方でも、日本とは違いますよね」

「しょうがないさ。それが国民性だの民族性の違いだ。夜が明ければ四十度を越す砂漠の中じゃ、生きることがまず戦いだ。人の価値観はそれぞれだし、生活環境でも変わるものだろうが。多分俺たちは今日明日の間で、鳥取砂丘では体験できない本当の自然の厳しさを体験するだろうよ」

地球は丸くて一つしかないのに。

国によってはこれほど違う世界観や思想の違いがあるんだって、そういう現実が。

「どんな社会見学になるのかはわからねぇが、まずは体力だってことだけはたしかだ。今は仮眠でも取っておけ」

「――――ん」

僕らは英二さんに言われると、それぞれに頷きながらも体を休めた。

「菜っちゃん…」

ただし、あまりに桁違いな一部屋を与えられたためか、はたまた立て続けにいろんなことが起こりすぎているせいか、葉月が珍しく〝お兄ちゃん子〟に戻っちゃってて…。

「しょうがないねぇ」

僕らは午後までの一時を、一つのキングサイズのベッドの上で過ごした。

当然僕と葉月が真ん中だったけど、あとからよくよく考えたら、これってほのぼのなんだか妖しいんだか微妙だよね？　という、初めての四人で一つのベッド!!　を、ともにした。

5

それでも五〜六時間はしっかり眠っただろうか!?

僕は右に葉月、左に英二さんという。おそらくこれ以上に安心して眠れる場所はないんじゃないか？　温もりはないんじゃないか？　という場所でぐっすりと睡眠を取ると。目まぐるしさから翻弄されて、失いかけていた元気のようなものを、かなり取り戻した。

「あー、よく寝た!!　飛行機の中のベッドもたしかにフカフカしててよかったけど、やっぱり体が落ち着かなくって、横になってただけだったから。しっかり眠れて、すっきりしたみた〜い♡」

「――――…」

「あれ？　どうしたの葉月!?」

「なっ、なんでもない…」

ただ、普通に考えるなら左に僕で右に直先輩というポジションで、僕と同じようにぐっすりと眠ったはずの葉月は、どうしてか目が覚めてからずっとうつむきがちだった。

「僕、シャワー浴びてくるね」

「葉月？」

なんか、僕らと目を合わせられないって顔で、コソコソとしていた。

「突っこまないでやれ、菜月。直也にお仕置きされて、しおらしくなってんだからよ」

するとと英二さんは僕の耳元に顔を近づけ、どうしてか苦笑しながらコソッと呟いた。

「————お仕置き？」

「お前が熟睡してる間に、一発抜かれたんだよ」

「はい？」

思わず内容を聞き返してしまうような、そういうことを呟いた。

「だからよ、ねぇ葉月、これってどういうことかな？　僕が一緒なだけじゃ不安だったの？　そんなに頼りにならないの？　ひどいな〜って言いながら。直也の野郎…、俺が目を閉じてるだけで眠ってないのをわかってて、堂々と同じベッドで葉月に仕掛けやがったんだよっ」

「いっ!?　仕掛けた!?」

僕は、いけないいけないと思いつつも、言われるままに想像してしまった。

〝ねぇ葉月、これってどういうことかな？　僕が一緒なだけじゃ不安だったの？〟

〝違うっ、そういうことじゃないよ、直先輩っ〟

僕が隣に寝てるのに。

〝そんなに頼りにならないの？　ひどいな〜〟

〝やだっ、だめ…やめてえっ〟

僕の向こうには英二さんだって、横になってるのに。

〝声を出したら菜月が起きちゃうよ〟

〝んっっ〟

同じベッドで葉月が直先輩に、されたぁ!? って。

「おうよ。さすがに突っこむまではしなかったがな〜。直也のやつ、葉月が返事もできずになされるがままっていうのをわかっていながら、恨みがましい台詞と巧みなんだろう手淫だけで、イカせやがったんだ。いやもぉ、あのじゃじゃ馬がそのときばかりは借りてきた猫みたいになってやんの。恐れ入ったぜ、直也にはよ」

僕は一瞬にして顔から火が出るほど真っ赤になると、シャワールームに消えた葉月を涼しい顔をして追いかける直先輩を見て、ただただ唖然としてしまった。

『――――…』

英二さんもやることなすことスゴイと思うけど。なんか直先輩のすごさとは、じつは質が違うんじゃ!? 妖しい方向も違うんじゃ!? とか思って。

「思わず俺も、負けずにやっちまおうかと思ったぜ」

「えっ、英二さんっ!!」

でも、こんなところで唖然としていられないのは、僕も葉月と一緒で…。

「さすがに菜月の可愛いよがり声は、誰にも聞かせたくなかったから、ググッと我慢したけどよぉ。こっちはガンガンにその気になっちまって――――、生き地獄だったぜ」

英二さんは直先輩がシャワールームに消えたのを確かめると、僕の耳元に寄せていた唇で、外耳をパクッてしてきた。

「あんっ」

僕は、溜め息混じりに舌を這わされただけでも声をあげてしまったのに、そのまま耳の中をクチュクチュと舐められると。顔どころか全身が真っ赤になってるんじゃ？　ってぐらいに、興奮してしまった。

「ほらよ――――、思い出しただけで…こんなになっちまってる」

なのに、そんな僕をさらに煽るように。英二さんは僕の利き手を掴んで自分の股間へと導くと、ズボンの上からでもはっきりとわかる、力強く漲（みなぎ）った高ぶりを、僕にしっかりと確認させた。

「今すぐにでも、俺のココは菜月を犯してぇって…さ」

もう、抱くとか入れるとか、そういう程度の高ぶりじゃない。

英二さんが口にしたように、後先考えずに犯したい。

僕の肉体を壊しても、滅茶苦茶に愛したい。

そういう怖いぐらいの、でも僕のほうまでジンと熱くなって勃起しちゃうような、英二さんの欲情そのものを確認させられた。

「英二さん…」

僕は、英二さんの逞しい胸元に自らしなだれかかると、上目遣いで「いいよ」って合図しながらも、導かれた高ぶりをスッと撫でた。

それだけで掌から全身にジンとして、僕は自分が欲情し始めたのがわかった。

「菜月」

英二さんは僕の答に満足そうな笑みを浮かべると、耳元で遊ばせていた唇を、そのまま僕の唇へと持ってきた。

『英二さん…』

唇が触れるだけで、熱いと感じる。

互いが、欲しいと共鳴しあう。

眩暈がするほど、欲しい———。

「菜月、葉月、直也、英二、そろそろ時間だけど、起きましたかー!?」

「っ!!」

「ひぇっ!!」

けど、けどぉっっっ!!

「さ、これからサラの首都を…と言ってもそんなに広くはないですが、ご案内しますよ」

僕らはそうとう気合いの入ったキスシーンを、まるで昔のコメディ漫画みたいなノリで部屋に入ってきたシェイクに邪魔されると、とっさに一メートルぐらい離れて、作り笑顔を全開にしてしまった。

「あれ？　葉月と直也は隣の部屋ですか？」

「あっ、いえ…。今シャワーを」

「そうですか。じゃあ私が声をかけて――」

しかも、そんな皇子さまなんてご身分の方が、ちょこまかちょこまかとするものじゃあないでしょう!!　それともこの手の顔って、みんなそうなんですか!?　ってぐらいに、シェイクが小まめなものだから、

「あーっつっ!!　いいです、いいですっ!!　僕が声をかけます、僕が呼んできますすっ!!」

僕は慌ててシェイクを止めると、シャワールームに二人を呼びに走った。

「あっ、葉月!!　やめておけっ」

「葉月、直先輩!!」

どうして同じ室内にあるシャワールームに行くのに、本当に走ってるのかは、もう考えないことにして。僕は英二さんが呼びとめたのも聞かずに、シャワールームへと飛びこんだ。

「ひっ!!」

「なっ…」

けど、扉を開けた瞬間に僕が目にしたのは、しっかりと脱衣所らしき場所（もう、豪華すぎて何がなんだかわからないんだもん）で、おやりになっていた二人で。しかも屈んだ葉月が、洗面台に寄りかかった直先輩に、お口でご奉仕していたところで…。

「失礼しましたっ!!」

僕はそうじゃなくても頭にのぼっていた血が沸騰しそうになると、クラクラとしながらもシャワールームの扉を閉めた。

『どうしよう…、見えちゃったよぉ』

直先輩のモノがはっきりと見えてしまったことにも、泣きたくなったけど。

何よりその場でしゃがみこんで泣きたくなるほどショックだったのは、僕が葉月と区別もつかないぐらいそっくりな双子だって事実にだった。

『目に焼きついちゃったよぉっっっ』

うん。いつか葉月が僕と英二さんのエッチシーンを目の当たりにしてショックを受けてたけど。

あれはきっと「見ちゃった」ことへのショックだけじゃなかったんだ。

いやでも自分を重ねちゃう(自分が恋人でもない人と、そういうことをしているようにも見える)強烈さに、受けた大ショックだったんだ。

「菜月〜。だから俺は止めただろう?」

僕は呆れるというよりは、明らかにお怒りあそばしている英二さんに、「さては見たな〜」って顔をされると、

『今夜は絶対にお仕置きだ〜っっっ』

無言で「だってぇ」って言い訳しながらも、頭の片隅では「俺が今日の記憶を消してやる!!」っ

て怒りで、ガコガコに犯されることを予想した。

そうじゃなくてもたった今、シェイクに割りこまれ。その前には直先輩にあてられた(いや、挑発されたのか?)英二さんが、欲求不満になっていないわけがなかったから。

しかも、一国の元首の息子相手という、かつてないほどのTPOさえなければ、「俺は今すぐにでも菜月に乗りかかって、突っこんでガツガツと腰を振りてぇんだよ!!」ってオーラが、出まくっていたから。

『王様と奴隷ゴッコだっっっ』

僕は今夜は絶対に、「せっかく本場の熱砂の国にきたんだからよぉ〜」とか何とか言いまくる英二王に、他国から売られてきた性奴隷、もしくは身売りした他国の姫君とかいう設定もあり!! で変なプレイされちゃうんだって、頭を抱えてしまった。

『もう、こうなったら先に。どうしてご機嫌斜めなの、あなた〜ん♡ とか、言ってみようかな? 変な設定がついて、わけのわからない台詞を言わされるぐらいなら。砂漠の国に新婚旅行にきたラブラブ夫婦とかって設定のほうがいいよね? それも、英二さんがなんか言い出して怒る前に、僕のほうからあなた! 今日は美人さんに腕なんか掴まれて喜んでたわね!! 私というものがありながら、ひどいわひどいわ〜とか、絡んで。妬かせないでよ、いやんいやん。菜月泣いちゃうから〜とか言ってみたら、笑ってオチがつくかもしれないし!!』

ただし、それを回避したいがために作戦を練っていた自分自身のほうが、ナチュラルに遊び上手な英二さんより、よっぽど変な発想になっていて。大問題な気もしないではなかったけど…。

『よし、そうしよう!!　今夜は絶対に先手必勝だ!!　久しぶりに、英二さんがいなくちゃ死んじゃう攻撃にしよう!!』

今の僕の困惑具合いでは、自分の壊れ度合いまでは測れなかったし、頭も回らなかったのだった。くすん。


そして、十分後。


さすがに「じゃあ行きましょうか」と言って同行できるだけの心臓はなかったのか、直先輩はシェイクや僕らに、

「ちょっと、葉月の旅疲れが取れないみたいので…」

と告げると、一度はその場に残ることを選択した。

「それはいけませんね、ではすぐに皇家の主治医を呼んで診てもらいましょう」

「え!?　皇家の主治医!?」

「はい。宮殿内におりますので、今すぐ…」

けど、それは「僕らが一応ここでは国賓扱いだった!!」「些細な言動が大事を招く立場だった!!」という事実のために、一秒もしないうちに撤回された。

「あー、僕すっごく元気が出てきたみたい!! やっぱりみんなと行くーっ!! ねっ、直先輩!!」

ナージさんがお付きの人に声をかけようと振り返った瞬間に、葉月はベッドから飛び出して、一気に扉まで走ってきた。

「そっ、それなら行こうか。せっかくだしねぇ、葉月」

「うんっ!!」

『葉月、直先輩、なんか白々しさが英二さんと同化してきてるよぉ』

英二さんとシェイクはそんな二人を見て口元に手を持っていくと、ほぼ同時に目を逸らしてクスリと笑っていた。

『――――うわっ』

まるで鏡にでも映したように、一瞬怖いぐらい同じ人に見えた。

「じゃあ、行きましょうか」

「おう」

いや、鏡に映した姿なら、左右反対になったりするからまだ「鏡だ」って気がするけど。それさえないからまったくの他人二人が、同じ人のように見える瞬間があるんだ。

『なんか、後ろ姿で並んでるほうが、別人だな』

そりゃ、どんなに二人の背筋がピッとしてて、姿勢のいいところまで似ているよ…とは感じても。これだけはＴＰＯも関係ないんだよねってモンローウォーク炸裂の英二さんは、腰を見ればすぐに

「こっち!!」ってわかる。

　これでわかるのも問題だなって気がするけど。この、とにかくいつでもどこでも浮かれている腰つきは、僕の英二さんならではだ。

「ねぇねぇ菜っちゃん。早乙女英二とシェイクってさ、一緒にいればいるほど似て見えるんだけど、これって普通は逆だよね？　普通はどんなに似て見えても、並べてみたらやっぱり違うって、思うのが本当だよね？」

　でも、双子を見分けることにかけては、僕と同じぐらい自信があるだろう葉月でさえ。一瞬目を凝らしちゃうぐらい、二人が同一人物に見える瞬間があるのはたしかなことで…。

「うん…多分、生活習慣や立場の違いがあるから、口調やムードそのものは、はっきりと違うけど。ナチュラルにとぼけたところや笑いのツボや、なんでもないような仕草が意外に似てたりするから…。それでよけいに、似て見えるんだと思うよ」

「でも、もしもどっちかが故意に似せようとか意識して似せたら、かなり紛らわしいぐらい、似てるよね」

　きっとこういうのに慣れてない人が見たら、渋谷の街でシェイクを英二さんと間違えて声をかけたように。ここでは英二さんに向かって「シェイク」とか「皇子」って呼ぶ人は、きっとたくさんいるんだろうな…って、僕はあらためて感じていた。

「まぁね。でも、どっちがどんなに頑張っても、巻き散らかしてるフェロモンの種類がまったく違うから。絶対にわからなくなることだけはないと思うけど」

「――――…たしかに。それを言われると、わかりやすいぐらいわかるけどね♡」


とはいえ、そんな予想はしていたものの。

まさかここまで間違える人がいるだなんて!! ってことが起こったのは、宮殿を出てサラの首都・ファサイルをリムジンで案内してもらっていたときだった。


「うわっ!! すごい綺麗な建物ばっかり…。真っ白な石造りの中に、青を基調としたモザイクタイル。なんだか、めちゃくちゃ爽やかな街だね、葉月」

僕らが空港から街へと入ったときには、明け方とはいってもまだ暗かったので、よくわからなかったけど。

城下町であるファサイルは、とにかく一つ一つの建物が綺麗で大きくて、いたるところに緑と噴水があって。砂漠の中の街のはずなのに、どこかのリゾート地のようだった。

「それどころじゃないよ、菜っちゃん!! この街、車道の他に馬車道まであるよ!! しかも本当に馬が走ってるよ、馬が!!」

それこそ、街の外に広がるのが果てしない〝砂の海〟でなければ、ここはアメリカの西海岸? 大金持ちばかりが住むという街、カルフォルニアのコト・デ・カサ!? とか思わせる、とても豊かで活気のある、でものんびりとした感のある街だった。

「うわ〜。本当だ。なんて優雅なんだろう。街の中に乗馬コースがあるだなんて…」

でも、見た目だけでは決してわからない生活や文化の違いは、やっぱりあって…。

「オイルダラーって、お金持ちって、何考えてるのかわかんないね」

「あっははは。それは優雅とかお金持ちとかって理由じゃないよ、菜月。葉月」

「え!?　じゃ、なんなのさ」

「それはね、ここは砂嵐の季節になると、車は普通に走っているだけで、ボンネットの中が砂まみれになってしまうことが多々あるんだ。エンジンをやられて、走らなくなっちゃうんだよ。だから、そういうときには馬のほうが確実に走ってくれるから、結局みんな手放せないだけなんだ」

「――――みんな、手放せない…!?」

「そう。ビックリするかもしれないけど、サラの国では一家に一頭は馬やラクダがいるよ。下手をしたら、一人に一頭の家もある。サラでは他国の子供が自転車に乗るのを覚えるように、乗馬を覚えるんだ。車の免許は持ってなくても、馬には乗れるって人間のほうが、断然多いんだ」

「ぼっ、牧場でもないのに…そんなに馬やラクダがいるの？　家に犬や猫がいるのと同じぐらい、馬とかがいるの!?」

僕や葉月は、代わる代わるシェイクに話しかけながら、言葉が返ってくるたびに顔を合わせて驚いた。

「いるよ。だって、どんなに文明が発達して、最新機器なんてものが取り入れられても。それらをフルに活用できるだけの、豊かな油田があったとしても。結局ここでは自然には敵わないんだ。山もなければ海もない。吹き荒れる黄砂を凌げる盾となるものが何もない。サラはそういう国だから、結局自然に立ち向かって一緒に頑張ってくれるのは、同じ世界で生きてる者同士。最後に頼れるのは、自分の命と力で動ける者同士なんだ。もっとも、そもそも国が小さいから。いざというときには馬でも国の端から端まで行けてしまうっていうのが、一番の理由かもしれないけどね」

「同じ世界で、生きている者同士。自分の命と力で動ける者同士…」

「馬で横断できちゃうほどの国土か…」

そして、ついさっき英二さんが言っていた。

熱砂の国の人々は、まず「生きることが戦いなんだ」って言葉の意味が、自然に理解できて、納得もできた。

「さ、直に降りて見て」

「早乙女さま。街中で並んだお二人の顔を見たものが困惑するといけませんので、よろしかったらコレをおかけ願えますか？」

「おう、そうだな」

英二さんは車の中でナージさんからサングラスを受け取ると、たしかにこの場合は自分のほうが顔を隠したほうが無難だよなと判断し、言われるままに受け取ったそれをかけた。

「さ、どうぞ。日本に比べたら、かなり日差しが強いと思いますが――」
ただ、先に降りたナージさんや護衛の人にエスコートされながら、まずは英二さんが車を降りたときだった。
{キャー!! ナージさまよ!! シェイク皇子よ!! お二人が帰られたんだわ!!}
{明日のお誕生日のために帰国されてたのよ!! こんなところでお会いできるだなんて、なんてついてるのかしら!!}
{シェイクさまー!!}
やっぱり、サングラスなんかかけても似ているものは似ているらしく。英二さんは車から姿を現した瞬間に、二十歳前後の女の人やその場にいた街の人たちに、あっという間に囲まれて歓声を受けた。
『言葉がよくわからないけど、シェイクに間違われていることだけはたしかだよね? シェイク、シェイクって呼んでるし』
まるでここは渋谷の街か!? 熱心な追っかけにでも見つかったのか!? ってぐらい。英二さんはナージさんがみんなに必死に声をかけているにもかかわらず、キャーキャーに騒がれてシェイクに間違われていた。
「あっ、あーあ。本当に間違われてるよ。すごいね、菜っちゃん」
「そっ、壮絶かも」

それこそ、まだ車の中にいた僕らが勢いで扉を閉められちゃって、英二さんたちがいる扉からは外に出られなくなったぐらい。
〔シェイク皇子っっっ!!〕
〔素敵っっっ♡　こっち向いてー♡〕
〔どうか私をハーレムに娶(めと)ってー!!〕
「違うーっ!!」
英二さんは渋谷で「私は英二なんて知らない!!」って叫んでたシェイクのように、「俺はシェイクじゃねぇつってんだろうが!!」って叫びまくっていた。
『あっ、あーあ。やっぱりとっさのときって一番なじみのある言葉が出るもんなんだな。せめて英語で叫べば通じるかもしれないのに…。英二さんってば、あれじゃ日本語通り越して江戸弁だよ』
しかも感情的になったためか、わざわざかけていたサングラスをはずして「違うっっっ!!」って訴えたもんだから、よけいに「キャー」って喜ばれて。その後はさらに女の子たちに、ヒートアップされるはめになっていた。
英二さんってば、困惑するとけっこうおドジさんだ♡
『でも、考えたら自国の皇子さまが、あんなにカッコよかったら。そりゃ女の子がキャーとも言いたくなるよね。モデルというか、タレントというか、ＳＯＣＩＡＬの専務って肩書きだけでも、あれだけキャーキャー言われるのに。それが、サラでは国家元首の息子。皇子さまだもんね。普通に歩いてたって振り返っちゃうぐらいにカッコいい人が、この国では次期最高権力者候補なんだもん。これが騒がずにいられれようかって、感じなんだろうな～』

これにはさすがに騒がれることには慣れていた英二さんも、それを傍で見慣れるぐらいに見ていた僕も、タジタジだった。

ときどき「ハーレム」って単語まで飛び出しては、懇願するような眼差しを向ける女性までいたし。このへんの熱狂ぶりは、ファンとかって域とは次元が違うんだろう。

なんせ騒いでる女の子がミーハーなのはまだわかるけど、その横にはありがたがって手を合わせてるお年よりとかもいた。

英二さんを拝んだって、多分煩悩的なご利益しかないと思うんだけどな。いや、そんなご利益があっても一大事だけどね。

「シェイク、早く違うって説明してあげて」

「あっ、ああ」

僕は車の外を見ながら、「ここまで見事に勘違いされるなんて」って、言わんばかりに呆気にとられているシェイクに声をかけると、これはシェイク本人が出て行って説明するしかないだろうから、「お願い」ってした。

英二さんを助けて、って言った。

「菜月、こちらのドアから出よう」

「うん」

シェイクは了解すると、反対側の扉は車道側だったこともあって、かなり注意深く開いてから自分が降り立ち、僕に手を差し出した。

「――――さ、菜月」

完全にエスコートされちゃっているところが、なんだか照れくさい。

「直先輩、僕らもこっちから」

「そうだね」

けど、そんな僕がエアコンの利いた車から、軽く十度は気温が違うんじゃ!? ってぐらいに暑い表に出ると、

「ごめん菜月、ちょっとだけこのまま付き合って」

「――――え!?」

何を思ったのかシェイクは、葉月や直先輩が降りる前に扉をパタンと閉めた。

「ごめんね、葉月!! 今だけ菜月を貸して!!」

「ええっ!?」

そして僕の手を引いたまま突然走り出して。車が途切れた一瞬のうちに、シェイクは道路を渡りきると、お店とお店の間にあるような細い路地へと逃げこむように走った。

「菜月!!」

「菜っちゃん!!」

それに気づいて英二さんや葉月が声をあげたときには、僕が振り返ってもみんなの顔を確かめることはできなかった。

『英二さんっ!!』

ビックリするぐらい強引に手を引くシェイクに、どんどん英二さんから距離を離されて。僕は急に不安になった。

「シェイク!! なんなのシェイク!?」

石造りの壁に囲まれた、細い路地をいくつか曲がって。

人が溢れた、市場のような場所に出て。

僕は夢のような不思議の国から、どんどん本当に見知らぬ異国の中へと引っ張りこまれていくようで。怖くて怖くて、たまらなくなった。

「どこに行くつもりなの!? 離して!! 離してよ、シェイク!!」

そうじゃなくても車から出た瞬間に体を包んだ、覚えのない暑さと容赦なく照りつける太陽は、すべてにおいて行き届いていた宮殿や車内、そこに至るまでの機内ともあまりに違いすぎるのに。

僕は、英二さんが言ってたことは本当だ。

ここは、サラは日本の気候とはあまりに違う。ロンドンともまったく違う。

撮影のときには風紋を描く砂浜が、まるで本当に熱砂の世界に見えたけど。やっぱり鳥取砂丘とは、何もかもが違う!!　って、体から実感できて。

「シェイク――――っ!!」

僕は込み上げた不安と急激な気温の変化、それに加えての疾走に心身から参ってしまうと、足元から力が抜けて、途中で倒れこんでしまった。

「菜月っ」

まるで小さな子供が転ぶみたいに脚をもつれさせ、僕はとっさにシェイクが支えてくれたにもかかわらず、先に地面についた右の膝を擦りむいてしまった。

「痛っ」

慌ててシェイクが片膝をついてしゃがみこみ、僕の顔と患部を交互に覗きこむ。

「痛いっ」

痛みの走った患部は十円玉程度の軽い擦り傷だった。けど、僕には骨を折ったらこれぐらい？　って気がするほど、痛いと感じて涙が浮かんだ。

『英二さんっ』

「ごめん。ごめんね、菜月」

どんなに姿かたちが似ていても、僕の顔をすまなそうに覗きこむシェイクが、僕の英二さんじゃないのは誰よりわかっている。そんな現実が今の僕にとっては、英二さんが傍にいないってことが。

今の僕には何よりつらくて苦しくて、痛いと思えて、涙が零れそうになった――――。

「ごめん…」

ただ、そんな僕の痛さや苦しさを、いったいシェイクはどういうふうに解釈したんだろう？

彼は両手で僕の右脚をそっと支えると、血の滲む膝に静かに唇を下ろした。

「――――っ!!」

ビクッとして逃げようとした僕の脚をしっかりと掴むと、そのまま滲んだ血を舐め取った。

「本当に…ごめんね」

そして上着のポケットに入っていたハンカチを膝に巻きつけると、立てる？　背負う？　って聞いてきて――――。

「歩けるよ」

僕が自力でちゃんと立ち上がると、シェイクは目を伏せながらも「戻ろうか」って言って、口元だけで苦笑した。

『シェイク…』


闇雲に走ってきたように思えた裏路地を、僕はシェイクに手を引かれながら歩いて戻った。

手を振り解けずに歩くのは、なんだか照れくさい。けど、手を離したら知らない世界ではぐれそうで、たった一人になってしまいそうで、僕はシェイクの手を振り解けずにいた。

『触れるともっとわかる――――。彼の手は英二さんと違う』

でも、会話もなく気を遣われながら歩くのも、なんか…なんだかなって気がしたから、僕は思いきって「どうして、急にこんなことしたの？」って聞いてみた。

ただの悪戯だったの？　僕をからかいたかっただけなの？

計画的とは感じられなかったし。どちらかといえば衝動的というか、思いつきで行動に走ったように見えたから。

僕はシェイクに、僕だけを連れていったいどこへ行きたかったの？　って訊ねた。

「普通に自分が生まれ育った街を、歩いてみたかっただけかな」

するとシェイクは、苦笑したままの顔で僕や周りを交互に眺めながら、ぽつりと言った。

「――――普通に？」

「そう。普通に。ホテルから飛び出して渋谷や銀座をブラブラとしていたときのように、ここでも皇子なんて呼ばれない、護衛なんていない立場で、ちょっとそのへんを見て回りたかっただけなんだ」

東京では英二さんと間違われて、大変な思いをしたはずなのに。シェイクは「それをここでしてみたかっただけなんだ」って言いきった。

「今なら英二が私と間違えられているし、ナージさえ振りきって菜月と一緒にいれば、みんなよく似た人がいるなぁぐらいの気持ちでしか、私を見ないと思ったから」

「ナージさんを振りきって、僕と？」

「ああ。彼は私が生まれたときから、私だけの護衛と世話をするために、二十四時間行動をともにしているんだ。大使補佐官なんて役職は取ってつけたもので、私が今後のためにも大使と一緒に他国を見て回りたいと言ったから、それが叶ったから、一応そういう肩書きが彼についただけで。本当は先祖代々皇帝に仕えている一族の一人で。生まれたときから私のためだけにいる側近というか、秘書というか、で。だからある意味彼が傍にいるってことが、この国の人間にとっては、私の目印みたいになってるんだよ」

「シェイクの…目印？　ナージさんが？」

ナージさんや護衛の人から離れたかったから。

生まれてこの方、彼らがシェイクから離れたことが、ほとんどなかったから。

「そう。だから、英二はあんなに私と間違えられたんだ。誰一人疑うことなく、みんなが彼を私だと思ったんだ。たまたまナージのあとに車を降りたから。一緒に車の前に立ったから。誰もが彼を〝皇子のそっくりさん〟だとは、思わなかったんだ。それが証拠に、ほら。今こうして菜月と一緒に歩いている私には、誰も騒いではこないだろう？　誰もがすごく似てるなって顔して、振り向いていくけど。それだけで、終わってるだろう」

「そう言われると、たしかに――」

それが目印のようになってしまうほど、離れたことがなかったから。

だからシェイクはナージさんや、護衛の人が英二さんとともに動けなくなった一瞬に、僕を連れて走ったんだ。

あえて周囲に皇子じゃない印象を与えるために、一人で走らずに僕を連れて走ったんだ。

「それほどこの国の人間には、そういう刷りこみがされているってことなんだよ。皇子は決して付き人なしには歩かない。たとえ友人と一緒にいたとしても、護衛なしには歩かないって。こんな近代社会に時代錯誤もいいところだろう？」

「――――シェイク」

「でも、なぜかこういうシステムみたいなものが、この国では当たり前のように。まるで伝統文化の一つのように堂々と受け継がれて誰も何も思わないんだ。それこそ、どうして皇帝選挙なんていうものがあるにもかかわらず、ずっと私の一族が皇帝でい続けているのか。自由と平等をうたった民主主義国家なのに、皇家だの皇子だのって呼ばれて宮殿に住んでいる一族がいるのか、誰も何も不思議に思っていないんだよ。これって、変だと思わない？」

ただ、じゃあその「飛び出した理由」っていうのから、思いきり羽を伸ばして遊び歩きたかったから、息抜きがしたかったから…とかってことなのかっていったら、それも違って――――。

「だから、私はただの私として街を歩いてみたかった。嘘偽りのない…本当のこの国の状況を。それが無理でもせめて街の状況だけでも、自分の目で見て確かめたかったんだ」

シェイクはただ、確かめてみたかっただけだった。

いずれはこの国を統治するとされる者として、責任や義務を背負って実直に育てられた者として。

これでいいのか？　本当にいいのか？

このままで何も間違いはないのか？

この国は本当に平和なのか？　って、疑問に思っていたから。

それを自分の目で、確かめたかったんだ。

「だって、もしかしたら私が知らないだけで、自分の家系は独裁政治を行ってきただけかもしれないだろう？　たしかに父も祖父も先祖たちも、国を愛し国民を愛し、全力で国政を行ってきた皇帝であるとは思うけど、それは単なるおごりで…。私がそう言われて育って、信じてきただけで。本当は自分の一族が国民を縛りつけて、現在に至っているかもしれないじゃないか」

もしかしたら、自分がこれまでに「こうだ」と言われたり見せられたりしてきたものが、本当は違うんじゃないか？

一部の人間たちに作られたものなんじゃないか？

本当は贅沢（ぜいたく）な暮らしをしている人々の陰に、苦しんでいる人たちがいるんじゃないか？　って、疑問が生まれていたから。

世界には、そういう国がないとも言いきれないし。だったらこの国だって本当は？　って、きっといろいろと考えていたから。

シェイクは今がチャンスだと思って、確かめてみたかったんだ。

「シェイクはもしかして、自分のお父さんや自分自身が、この国の元首としては、望まれてないいんじゃないか？　って、思ってるの？」

「…それは」

僕からしたら、ここは夢のような国だな、砂漠の中のイッツ・ア・スモールワールドみたい♡なんて感じたけど。

聞けばあそこも夜中に電気が消えると、そうとう怖い印象がある場所らしいし。

どんなに華やかなものでも、裏に回れば決して表からでは見えないものがあったり、動いているのは世の常だし。

シェイクはきっと、生まれたときからあまりにこの国が豊かすぎる印象しかないから、そういうものしか目にしてないから、逆に疑問を感じているんだろう。

「それともそんなに長い間、一つの家系の人間が選ばれ続けるのは、単純におかしいって思ってるの？　もしくは、なんかズルして選挙で選ばれ続けているとか、もっと悪く言ったら誰かが裏で国のみんなを脅かしたりとかして、シェイクの家の人が皇帝に選ばれてるって、そう思ってるの？」

「菜月…」

ときどき僕が英二さんの腕の中で、みんなの中で、こんなに幸せでいいのかな？　って思うように。

もちろん一個人の僕の考えと、シェイクの考えではことの重大さも次元も違うけど。

とにかく一人で確かめたことがない現状に、ひっかかりを覚えているから。今回みたいな行動を、起こしてしまったんだ。

「だったら、このまま市内を僕と一回りしようよ！　本当はみんながどう思っているのか、聞いて回って歩こうよ!!」

でも、だったら解決法はやっぱりひとつしかないよね？　納得するには見るしかないよね？　って思ったら、僕は自分からシェイクの手を力強く握っていた。

「菜月と、このまま!?」

ああ、また僕ってばいらないことしてる。

よけいなこと言い出してるって、頭の片隅には過（よぎ）っていた。

「だって、成りゆきとはいえ、せっかく英二さんがシェイクに間違われてるんだから、もう少しだけ間違われててもらおうよ。でもって、その間だけシェイクが英二さんのフリして、皇帝一家の評判とか、直に聞いたらいいじゃない」

自分が責任を負える範囲を、軽く飛び越えたことを言っているなとも、思っていた。

「それこそ、旅行にきたらやたらにシェイク、シェイクって呼ばれるんだけど、シェイクってどういうやつなの？　とか。へー、皇帝選挙なんて制度があるんだ、それっていいもんなの？　とか。シェイクが聞けないなら、僕が観光客として街のみんなに聞いてあげるよ」

これは、本当ならナージさんとか国の偉い人に相談して、解決するべきことだろうって内容なのに。僕は僕の独断で、危険かもしれない賭けをしようとしている。

「ただ、どういう評判が返ってくるのか、この国の実情がどうなのか、それは蓋を開けてみないとわからないよ。シェイクが思い過ごしでよかったって感じられるか、それともああやっぱりって思うか、その結果だけはわからない。もしかしたら、知らないほうがよかったって…そういう気持ちになるかもしれない」

僕がここにきてから接した人は、みんな優しい人だから。

英二さんや直先輩が口にしていたことからだって、この国がじつは裏に回ったら…なんてふうには、感じられなかったから。

何より今擦れ違っている人々や街の中からも、不安や不幸を感じることがなかったから。

「でも、それでも知りたいなら、僕一緒に回るよ。シェイクのことを英二さんって呼んで、一緒に歩くよ」

僕はきっとシェイクが確かめたって、大丈夫。

裏切られたり、傷ついたりするようなことなんかないよ。

きっとシェイクの思い過ごしだよ!! って信じていたから、とんでもないことを言いきって、そして実行してしまった。

「ありがとう、菜月」

もう、今夜は「英二さんがいなくちゃ死んじゃう～」じゃ許されないぐらい、英二さんにはお仕置きされちゃうだろうな。

心配かけるのもたいがいにしろっ!!　って。どうしてお前はそうなんだ!!　って。

絶対に目玉焼きどんぶりのとき以上に、真っ赤にも真っ青にもしちゃうだろうな――――ってことも、わかっていたけど。

「うんっ！　じゃあ行こう、英二さん」

「――…なんか、それも変だね」

けど、ごめんね英二さん。

僕はあまりに彼が英二さんに似てるから、何もせずにはいられないの。

「あ…でも、あんな形で飛び出してきたから、英二さんもナージさんも心配してると思うの。葉月も直先輩も、それから一緒についててくれた護衛さんたちも。きっと今頃必死に僕たちのこと、捜してると思うの。だから今すぐ電話して、安心してもらって。それで、英二さんに少しだけ時間をちょうだいって、僕からお願いさせて。そしたら、英二さんはシェイクに時間を都合してくれると思う。ナージさんたちに本当の理由を上手くごまかしながらも、他の人には皇子さまのふりして、ごまかしてくれると思うから」

こんなに「やっぱり姿かたちが似てるだけで、別人だ」ってところを発見しているにもかかわらず、じつは一番根っこのところが似てるんだ。

そっくりなんだって思ったら、今僕にできることがあるのに、何もせずにはいられないよって、気持ちになっちゃったの。

「そうだね。わかったよ、菜月」

「じゃあ、電話したら調査開始だよ!!」

だって、だってさ。

僕からしたら見かけで迷うことは、絶対にないけど。シェイクの何が一番英二さんに似てるって僕に感じさせたのかっていえば、それは意外に「モロい部分」だったんだもの。

「ところでシェイク。この街には、他所の国でいうところの、スラム街みたいなところがあるって話は、聞いたことがあるの？　たとえば、あの変が怪しいみたいなところの見当って、あるの？」

「いや、それが――――まったく耳にしたことがないから、正直疑っているんだ。周りがあえて、私の耳に入れないようにしているだけなんじゃないかって。目に触れないように、隠してるんじゃないかって。だって、あんなに豊かな国に見える日本にだって、実際貧富の差はあるし。住む場所を持たない人々もいるのにって…」

見た目や性格、普段のキャラからは想像もつかないけど。

本当は繊細でナイーブで。他人のことでは怒れるのに、自分のこととなると消化不良を起こして、一人で抱えこんでは遠い目をしちゃう。

そういう何気なく不器用で、優しすぎて、心配になっちゃうときの英二さんが、一番今のシェイクとダブったんだもの。

「そう。じゃあ、まずはどこかお茶でも飲めるお店にでも入って、街の人にさりげなーく聞いてみようか。シェイクが素顔を見せている限り、たとえ僕が英二さんって呼んでても、きっと答えてくれる人は多いと思うんだ。っていうか、話しかけたときにどれほどの人が反応してくれるか、答えてくれるかだけでも、皇家の人気みたいなものは見えると思うし」

「――皇家の人気…。早い話、国民からの支持率か」

特に英二さんが、自分だけが早乙女家の子供じゃないとか思いこんでた頃や、パパさんに自分の道を好きに選んで進めって言われて困惑していた頃と、彼がまったく同じ顔するから。

僕は彼のしゅんとした顔を見ると、どうしても「笑ってよ」って思わずにいられなかった。

英二さんが大好きだから、よけいに行動せずにはいられなかったんだ。

「うーん。僕は賢いほうじゃないから、政治や難しい話はわからない。でも、目と目を合わせて話をした人が、自分を好きか嫌いかってことは、わかるつもり。だから、周りの人が英二さんと呼ばれるシェイクに対して、どういう接し方をするのかを見れば、なんとなくわかるものがあると思うの」

「そうだね。まずはいろんな人に出会って、その人たちが皇族をどういう目で見ているのか、それを確かめよう」

「うん！」

だから僕はその日の午後は、シェイクと一緒にサラ国の首都であるファサイルの街を転々とした。

なるべく最初は、観光客だってことで疑われない場所を選んで。それから、わざと普通のところへ移動して。入った飲食店の人たちやお客さんに、なんだかここにきたらずいぶん違う名前で呼ばれるんだけど。この国にはそんなに英二さんにそっくりな、有名人がいるの？　って聞いて歩いた。

え!!　英二さんが皇子さまとそっくりなの!?

何々、それって本当？　でも、その人は好かれているの？　嫌われているの？　こんなに騒がれるだなんて、どっちなの？

そういえばこの街も国もとても豊かだけど、全部が全部こうなの？　って。ちょっとわざとらしいぐらいにはしゃいじゃったけど。

「ああ、旅の方。あなたは本当にラッキーだ。我が国が誇る皇子とこうも似ているだなんて…。ついついケーキの一つもお出ししたくなる」

「え？」

ただ、はしゃぐことにかけては定評のあるらしい僕のためか。ううん。本当に英二さんとシェイクがそっくりだって事実があるためか。僕が英二さんと一緒にいるつもりではしゃぎまくっちゃうと、街の人たちはすっかりシェイクが英二さんだって信じて、笑顔で僕らに話してくれた。

「さぁ、召し上がれ。明日は皇子の二十歳の誕生日。記念すべき皇帝選挙の立候補資格を得られる大切な日。今宵は前夜祭だ。きっとサラでは国中の家庭でケーキが焼かれて、我が家の祝い事のように食べられる。クリスマスにケーキを食べない家はあっても、明日だけは食べない家はないと言いきれるほど、サラでは大切なお祝いの日なんだよ」

「――――……大切な、お祝い日？」

あまりに信じこまれたので、良心はチクンだったけど。

それでも一番聞きたかった事実を知らされ、僕はその場では素直に喜びを表すことが許されないシェイクの代わりに、満面の笑みを浮かべた。

「ああそうさ。我が国を繁栄させ、そして現代まで守り続けてきた英雄・ファサイル家は、この国に宗教の数だけ存在する神よりも、尊い人々であり家系なんだ。本当なら我々は選挙制度など廃止し、王家と呼びたいぐらいなのだが。どうしても皇家の方々がそれを納得しないので、四年に一度の皇帝選挙などしているがね」

「皇家が、納得しない？」

「んー。なんでも初代のファサイル皇帝からの遺言だそうで…。決して選挙制度だけはなくしてはならない。民主国家サラに、民に選ばれぬ皇帝が現れてはならない。そして時代に乗り遅れたり、独裁思考に走らないためにも、一人の皇帝任期は決して四期、十六年以上あってはならない。これだけは未来永劫守り続けてほしいというのがあるそうでね。歴代のファサイル皇帝は、それを頑なにお守りになっている。本当に、これだけの時が流れたというのに、変わらない御一族だ。まぁ、だからこそ。誰が何度選挙に立候補しても、選ばれる者が変わらないのかもしれないし。あれほどの城に暮らしていながらも、いつまでたっても生活そのものはつつましいんだろうがね」

「生活が、つつましい？」

途中、そんな笑みさえ固まって、ポカンとしちゃうような話まで聞かされちゃったこともあったけど。

「ここだけの話だけどね。皇家の方々は国営行事には出し惜しみしないし、実際生活環境は行き届いている。けど、個人の生活の派手さだけ言ったら、きっと我々庶民のほうが派手だよ。こうしていると、普通に暮らして見えてはいるが。じつはこの土地の人間は海外に別荘などを持っていて、一年のうちの三分の一はバカンスを楽しんでいる。おそらく、城に勤める兵より休みもなく務めていらっしゃるのは、皇族の方々だけかもしれない。本当に頭が下がるよ」

でも、これなら誰がどう聞いても、シェイクが心配したような「独裁政治」なんて四字熟語は当てはまらないし。当てはまったとしても、なんか意味違うよね？

お城に住んでるわりには、もしかしたら一番シェイクたちが平凡な暮らしをしてるみたいな、言われ方だよね？

「お城の兵士さんより、働いてるんですか？　ここの皇族さんたちは」

「ああ、多分国で一番の働き者だよ。ただ、だから我々が皇帝という年中無休の国家公務員役をアサイル皇帝一族に選挙で押しつけているというわけではないから、勘違いのないようにね！」

何より、ああそうか。貧富の差がほとんどなくて、みんながお金持ちな国だと、こういう考え方や現実も起こりうるんだ。

それどころか、お城に住んでるからすごそうとか、偉そうとかって発想にさえならないんだ…って、感じだったから。

『ねっ、年中無休の国家公務員…か。そうか、そうだったのか〜。なんかいきなり皇帝とかって立場や言葉が庶民的に感じられるようになった気がする』

僕は今日の一日が終わる頃には憂鬱だったシェイクの目が、晴れやかになるのは間違いないと確信できた。

「それに、もし我々がこんなに豊かでのんびりとしている姿を目の当たりにされたら、もう次からは別の候補者に政治を委ねたい。いっそ、今後は選挙に立候補するのさえやめて一般市民としてのんびり優雅に暮らしたい。そうおっしゃられても困るので、ここでの話は他言無用だよ。そうでないと我々国民は、サラの歴史上で最も有能で誠実で、何より慈愛と忠誠に満ちた統治者を失ってしまうことになるからね」

「はっ、はぁ。わかりました」

若干苦笑は残っちゃうかもしれない――とは思ったけど。

『あーあー、知らないよ、おじさん。シェイク、自分はもう立候補しないとか思っちゃうかもよ』

それでもお城に戻る途中のシェイクの笑顔は本物だったから。

「菜月、菜月ありがとう。今日は、本当にありがとう」

まるで僕が作った目玉焼きどんぶりを、おなかいっぱい食べたときのように、とても満ち足りていたから。

「よかったですね、心配事がなくなって。これで明日のパーティーも、気持ちよくお祝いしてもらえますね」

「ああ、本当に。これで来期の立候補の話にも、気持ちよく返事ができるよ」

僕は今日の自分の行動が、決して間違ったものではない。思いきってよかったことなんだと、心の底から思っていた。


「ふ〜ん」

たとえ英二さんのご機嫌が、これまでの経験からしても計測不可能なぐらい、最悪なものになってしまったとしても。

「へ〜」

ここまで不機嫌だと、お仕置きのパターンさえ想像つかないよ!! どうやってご機嫌取りしていいのかさえ、想像もつかないよ!! ってぐらい、激憤を漲らしていても。

「ほ〜」

僕は「心配かけてごめんなさい」はするけど、「でも、後悔してない」とは訴えようと思った。

その前に、「お願い、捨てないで」が先になるかもしれないけど…ね。

6

すっかり日が暮れた頃にお城に戻ると、僕らは不機嫌を全身に漲らしている英二さんや、心配で心配で仕方がなかったんだろう。青ざめていた葉月やナージさんを初めとする護衛の皆さんの前で、二人そろって謝罪の言葉を大連発した。

「ごめんなさいっ!!」

「申し訳ありませんでした」

広々とした応接間のど真ん中で、米搗きバッタみたいに頭もペコペコと下げた。

「でも、英二。菜月には罪がない。悪いのは私だ。私が無理やり菜月に同行を求めた」

ただ、心配しているほうには無事に戻ったということで、どうにか早々に許してもらえたけど。怒っているほうには、そう簡単には許してもらえなくて。

シェイクは、ソファにどっかりと座りこんで、悪い目つきをさらに悪くしている英二さんには、本当に立場も肩書きも捨てて頭を下げていた。

「だから」

「だから? だからなんだよ。悪いのは全部お前だ。そんなもんはわかってるよ、皇子さま」

「――――っ」

けど、こうなるとどっちが本当の皇子だかわからないよってぐらいデカイ態度の英二さんは、いつになくつっけんどんで、そのうえ言いたい放題だった。

「多少なりにも、純粋にローマの休日ごっこを楽しみたかったのか。はたまたとことん政治的な意図で、菜月を同行させたのかは知らねぇが。自国といえども一国の元首の息子が、しでかす騒ぎじゃねぇよな、これは。わかってんのか、テメェ!! 菜月はサラ人じゃねぇ。観光目的で準備万端に体調を整えてここにきた旅行客でもねぇんだ!!」

「英二さんっ!!」

これって国交にかかわったりしないの!? 大丈夫なの!? ってぐらい、滅茶苦茶べらんめいだった。

「そうじゃなくとも一年を通して気候が整っていて湿度のある日本とこの国とじゃ、まるで違う世界なのに。テメェは自分が日本にきた分際で、それを肌で知ってる分際で、よくこういうことがへーへーとできるな!! 今日みたいな炎天下の中に、なんの準備もない菜月を半日も連れ出せたな!! どんなに休息したところで、突然こんなところに連れてこられて、体も心も疲労しまくってるだろう菜月をよ!!」

「────っ」

とはいえ、どんなに言い方が雑だろうが乱暴だろうが。内容だけを聞くならとても常識的なことで腹を立てているから、誰も何も言えなくて。

「怒らないで、英二さんっ!!　僕が行こうって誘ったの!!」

特に僕は、激昂(げっこう)する英二さんの言葉の奥底に「絶対的な僕への愛情」と「心配」があるからこそっていうのがわかるから、謝る以外には言葉もなくて。

「申し訳ありません、早乙女さま。それは私どもからも、心からお詫びを!!」

ナージさんなんか、「これも自分の責任です」と言わんばかりに英二さんの傍へと寄ると。その場に膝をついて謝罪しようとした。

「いいんだ菜月!!　ナージも、庇い立てはいらない」

「シェイクっ!!」

「シェイクさま」

けど、それはシェイクによって止められた。

「英二の言うことはもっともだ。私に考えがなさすぎた。いや、自分のエゴのために菜月を利用してしまった。本当に、申し訳ない――」

そして、ナージさんを制したかわりに膝を折ろうとしたシェイクを、今度は僕が止めた。

「だめっ!!　違うんだから!!　僕が行こうって言ったんだから。英二さんも怒るなら僕を怒ってよ!!　シェイクにばっかり怒らないで!!　僕は僕の意思で街を歩いたんだから、それを全部シェイクのせいにしないで!!」

だってどんな理由があっても、この場で一国の皇子さまに膝を折らせるなんて。跪(ひざまず)かせるなんて、とてもできないと思えたし。

英二さんにそこまで他人の過ちを、「許せない人」になってもほしくなかったし。

何より、この後今以上に英二さんとシェイクの仲が、気まずくなってしまいそうで。僕はシェイクを止めると、逆に英二さんにくってかかった。

「でなきゃ、それって僕の意見を丸無視してるってことだよ!! 英二さん、全然僕が言ってること、聞いてくれてないってことだよ!! 僕の意見や意思なんか、どうでもいいってことなの!?」

「――――っ」

聞きようによっては、僕がシェイクを庇って英二さんを責めているみたいにも取れるだろうけど。

他にどう言っていいのかわからなかったから、僕は「僕を無視しないで」って、英二さんに抱きつくことしかできなかった。

「怒るなら、僕だけに怒って。他の誰かに、そんなに熱い目を向けないで」

そして、なんだかわからないけど。自然と込み上げた感情から、僕は英二さんに「すごい言葉」も囁いてしまった。

「あ?」

「英二さんの本気は、全部僕だけに向けて。他の誰にも、向けないで。たとえそれが怒気であっても、僕以外に向けないで――」

「なっ…」

よくよく考えたら、何言ってるんだろう？　僕。

いくら耳元で英二さんにだけ囁いた。多分、他には聞こえてないはず…とは思っても。

公衆の面前で、こんな台詞をぶつけるなんて。英二さんを、誘うだなんて。暑さのせいで、どうにかなっているのかもしれないって思うようなことを、口にしてしまった。

「心配かけて、ごめんなさい。本当に、ごめんなさい」

「菜月」

でも、そのために英二さんの意識がしっかりと僕に、僕本人に戻ってくると。僕は英二さんのことをきつく抱きしめながら、すごいやきもちやきな自分を、今さらながらに自覚した。

「すっごく反省してるから、今日だけは許して」

それほど激怒する英二さんの眼差しが熱くて。

サラを照らす太陽なんか、比べものにならないよってぐらいに熱くて。

僕は、事態をはきちがえているのも承知のうえで、その熱い視線のすべてがシェイクにぶつけられたことに、嫉妬してしまったんだ。

「心配してくれて、ありがとう」

「――――っ」

その熱に屈するのは僕だけでいい。

世界中でただ一人の僕でいい。

そんなふうに思えたから、僕はシェイクには膝を折らせなかったんだ。

「馬鹿が、体が熱いぞ。砂漠の日差しに、やられやがって――」

英二さんは僕からの言葉と抱擁に真意を察すると、すっかり怒る気力も失せたという声で、僕の体を抱き返してきた。

張りつめていたものが、一気に緩む。

『それをいうなら、英二さんの視線に焦がされただけ…』

さすがに人前だから、これ以上のことは口にできなかったけど。僕は僕の体の微熱が、日中に浴び続けた日差しのせいじゃないことだけはわかっていた。

「もういい。俺が怒りすぎた。悪かった」

そして英二さん自身も、そんな僕の熱の理由は、わかっているみたいだった。

「ナージ、今夜の食事はいい。このまま菜月を休ませる。本当なら今すぐ乗ってきた飛行機を用意しろと言いたいところだが、このうえこいつを振り回すのもなんだ。今夜までは世話になる」

英二さんは、わざと僕の体調が悪いみたいなことを口にすると、そのまま立ち上がって僕を横抱きにした。

「――早乙女さま」

そして堂々と今夜の宿泊の場を、これから僕らに必要となるんだろうベッドを要求すると、今日のことはここで終わりにすると、言葉にも態度にも出した。

「ただし、明日の誕生会だかなんだかって公式行事が終わったら、即座に俺たちを日本に送れよ。でなきゃ、勝手に自分で帰りの便を用意するぞ。最新鋭の戦闘機一台、パイロットごと俺にぶんどられたくなかったら、この約束だけは守れよ！」

脅迫もした。

「わかったか」

こんな台詞、英二さんじゃなければ笑い飛ばされる。

相手がこれをまともに「脅し」と受けるのは、たった今英二さんの圧倒的な怒気に触れたばかりだから、その気迫にたとえ一時でも、飲まれたからだ。

「はい…。かしこまりました」

ただ、名指しされたナージさんの返事が、どうしてか僕には色めいた響きを持っているように聞こえた。っていうか、いつから彼を「ナージ」と呼びつけるようになったの？

僕が帰らない間に、どういうきっかけで、そんなふうに当たり前に呼ぶようになったの？　って思うと、僕はナージさんへの嫉妬から、ますます体温が上がった。

「いや、それは私が約束する。私がこの手で、必ず英二たちを日本まで送り届けると、誓う。本当に、今日は申し訳なかった。許してくれて、ありがとう。英二…」

「ふんっ。誰もお前のことなんか許してねぇよ。つーか、今日のことは全部こいつが悪いらしいから、そもそもお前に怒る理由もなくなった。あとはこのお人好しに、一晩中タップリと説教してやるだけだ。ケツでもひっぱたいてな」

「なっ!!」

「可愛いんだぜ～、菜月のケツってばよ。一度見たら病みつきかもな。見せてやろうか？」

「英二っ!!」

目の前では英二さんに言いたいこと言われて、シェイクが苦い顔をしていたのに。

「シェイクさま!! 早乙女さまも、どうかそこまでになさってください。お腹立ちはわかりますが、お話はすべて了解いたしましたので…。どうか、これ以上皇子には」

「―――…」

僕の意識はそんなシェイクを心配そうに見ながらも、ときおり英二さんのほうをチラリと横目で見る、美しいナージさんのほうにばかりいっていた。

「わかったよ。じゃ、話はこれで終わりだ。部屋に案内してくれ」

「ありがとうございます。では、こちらに。と言いましても、先ほどのお部屋になりますが」

『だめ、そんな目で見ないで』

どうしてか僕は、そんなふうにばかり思っていた。

「どこでもいいさ、この際。直也、葉月、どうする？」

「僕たちも部屋に戻ります。ね、葉月」

「う、うん。そうだね」

なぜだかわからないけど、あなたには英二さんが英二さんだってわかるはずでしょ？

シェイクがシェイクだって、わかるはずでしょ？

僕が絶対に二人を見間違えたりしないのと同じで。この国で誰よりもきっとこの二人を確実に見分けられるのはあなたのはずだ。

なのに、どうしてそんなふうに同じ目で二人を見るの？　って。

「…あ、菜月。待って!!　やっぱり食事はきちんと」

「シェイクさま、これ以上のご無理はいけません!!」

「ナージ!!」

体が熱い。

なんだか、さっきよりもずっとジリジリとする。

「菜月さまはお疲れです。お引止めはできません。先にお食事をなさっていてください。後ほどご報告にまいります」

やっぱり、砂漠の太陽に当たりすぎたのかな？

それとも、英二さんの熱くて激しい眼差しに、気持ちをもっていかれすぎたのかな？

もしくは、勝手にやきもちをやいたせい？

「あっ、ああ、わかったよ。菜月、おやすみ。今日は、本当にありがとう」

「ん。おやすみなさい」

ナージさんの案内でその場から移動すると、僕を抱いた英二さんと葉月や直先輩は、広い宮殿の中をしばらく歩き、再び昼間休息を取らせてもらった大きな客間へと通された。

「それでは、ごゆっくりお休みください。お着替えはベッドサイドにもバスルームにもご用意してあります。それからお食事はご用意しておきますので、いつでも内線電話からお声をかけてください。すぐに運んでまいります」

「ああ。わかった」

僕は火照(ほて)る体をすっかり英二さんに任せてしまうと、別に具合が悪かったわけではないんだけど、瞼を閉じたまま口も噤んでいた。

「直也さまや葉月さまも、どうぞご遠慮なく」

「どうも、すみません」

飛び交う会話が、うっとうしい。

柔らかで落ち着きがあって、優しそうなナージさんの声が、どうしてか僕の耳にはひっかかる。

「悪いな、直也。これから菜月のケツひっぱたくからよ。あとはよろしくな」

「わかりました。じゃ、行こうか葉月」

「ん…」

たくさん歩いたら、おなかが空いたね。今夜の晩餐会が楽しみだね。

でもその前に、ナージさんにもたくさん、ごめんなさいしなくちゃね。

シェイクとはそんな話をしながら帰ってきたはずなのに。

一度やきもちを焼いた僕の耳には、ナージさんの声がとても妖艶で婀娜っぽく聞こえる。まるでを旅人を水面に誘っては命を奪う、人魚の歌のように聞こえる。

被害妄想もいいところだけど。

「あ、そうだお兄さま」

「あん？」

「あとで、僕と直先輩のほうは部屋で夕食を貰おうと思うんだけど。そしたらこっちから取り分けて、差し入れしてあげるね」

「は？」

ただ、そのためかナージさんが部屋を出て四人だけの空間になると、僕はふっと気が緩んだ。

耳に入ってくるのが英二さんと直先輩、葉月の声だけになって、頭が少しクリアになった。

「大丈夫だって、お仕置きのタイミングだけは計ってあげるから。それに、お兄さまが好みそうな食事も、選んどいてあげるよ。どうもここにきてから好き嫌いばっかりして、食が細くなってるみたいだからさ〜、子供みたいに」

「————葉月」

でも、そうなって初めて気づく。

『そういえば英二さん、機内の中で出された食事もあまりとっていなかったっけ』

お昼寝のあとの昼食も、いまいちとか何とか言って――――食前酒に開けてもらったシャンパンだけを飲んでいた。

「けど、明日のパーティーで必ずしも好物が出てくるとは限らないんだから。とりあえずは腹に溜めといたほうがいいと思うよ。家にたどり着くまでは、まだまだ長そうだし」

「ちぇっ。お前にそういう突っこみをくらうと立場がねぇな」

ドンペリ飲み放題♡　とかって笑っていたから、気づかなかったけど。本当はこっちのお料理が口に合わなかったんだ。

「まぁね。じゃ、そういうことで」

「――――ああ」

っていうか、ここのところパーティーだの接待続きで豪華な食事ばかりだったから。それで「今夜は、さっぱりとした鍋にしよう!!」って張りきってたところで、さらに極めた洋食だの風土料理の食事が続いたから。正直、うんざりしちゃったんだろうけど。

「ごめんね、英二さん。僕のせいで――――。やっぱり、家で鍋にしとけばよかったね」

多分今の英二さんなら、どんな宮廷料理よりもおむすび一個のほうが嬉しい。贅沢だ、わがままだと言われても、仕方ないだろうという…そういう域まできてたんだ。

「しかも、おなかが空いてるところにもってきて、僕がイライラばっかりさせて」

僕は、英二さんの首に回した両腕に力を込めると、申し訳なさでいっぱいだった。

本当なら僕が気づいていいはずのことを、葉月に言われるまで気づかないなんて。ダーリンとしても失格だって気がして。

「心配までさせて…」

英二さんは僕の体調を気遣って、あんなに怒ってくれたのに。僕は思いつくがままの行動ばかりしてしまって、大反省だ。

「おまけに変な嫉妬して、欲情して、全身で誘っちゃって——ってか？」

「英二さん…」

ただ、そんな僕をギュッと抱きしめると。英二さんはニヤリとしながらも、そのままキングサイズのベッドへと僕を運んだ。

「あんなところで俺をその気にさせやがって。この、小悪魔が」

昼間は四人で眠ったベッドに、今度は二人きり。

英二さんは火照った僕の体をベッドへと横たえると、自分は文句をタラタラと言いながらも着ていた衣類をその場に脱ぎ捨てた。

「もう少しで場所柄もわきまえずに、勃っちまうところだったぞ」

一糸まとわぬ姿で、ベッドへと近づいてくる。

僕の視線は完成された瑞々(みずみず)しい肉体美に釘づけで、羞恥心さえ湧いてこない。

「だって、だってそれは英二さんが…」

それどころか火照った体がさらに火照って。

僕は欲情している自分を嫌というほど自覚すると、英二さんに「きて」ってねだるように、両腕をそっと伸ばした。

「――――言い訳はいい。お前が俺をその気にさせたんだ。あとは責任取れって言うだけだ」

「えっ、英二さん」

けど、英二さんはそんな僕の両腕を掴むと、ベッドに横たわっていた僕を引っ張り起こした。

そしてベッドに腰掛けてそのまま上がると、ヘッドボードに並べられたたくさんの枕に寄りかかり。片膝を立てながら開いた脚の中央に、たった一言で僕を誘導した。

「ほら、わかってんだろう？　自分で服を脱いだら、しゃぶれ」

相変わらず大胆なうえに言葉の悪い英二さんに、僕の羞恥心はちょっぴり顔を覗かせる。

「今夜はお前が欲しがったんだ。自分から奪ってよがってみせろ」

でも、そんなわずかな羞恥心さえ、今の僕には性欲を際立たせるだけの一感動にしかすぎなくて。

僕は英二さんにジッと見つめられると、コクリとうなずき自ら衣類を脱いで、ベッドの下へと次々に落としていった。

「――――菜月」

そして、広々としたベッドの上で丸裸になると、僕はコソコソッと英二さんの傍に寄り。四つんばいというよりは伏せといったほうが正しいような姿で。何一つ抵抗せずに、英二さん自身へと両手を伸ばした。

『…英二さん』

まるで、見えない首輪にでも繋がれているみたいに、僕は英二さんに従順だった。

王様と奴隷の域さえ超えて、なんだか飼い主とペットみたいなムードさえ漂っていた。けど、だとしたら僕は世界で一番幸せなペットかもしれない――そんなふうに思えるほど、僕に命令する英二さんは、堂々としていて圧倒的だった。

「さぁ」

言われるままに掌に包むと、すでに半ば勃ち上がっていた英二さんのは、僕の体温を感じてグンと膨らんだ。

寄りかかった枕に肘を置いて頬杖をつくと、英二さんは少し首を傾げながらも、僕をジッと見下ろした。

砂漠の太陽より熱いと感じる眼差しが、僕を煽って大胆にする。

「…ん」

僕は英二さんのを二度三度扱いてから顔を近づけると、口の中へと収めて吸い上げた。

「それは、舐めてからにしろ」

「?」

すると、クスクスと微笑(わら)う英二さんから指示が出た。

「銜(くわ)える前に舌だけ使うんだよ。俺がいつもやってやってるんだ――――わかるだろう？」

僕は「え？」って思ったけど。どうせ同じことをするなら、本人の一番希望するやり方がいいんだろうと思い、最初は舌先だけで英二さんのをペロペロとしてみた。

亀頭の先端からくびれに。くびれから根元に。

英二さんが僕にしてくれることを思いだしながら。でも、実際いつも気持ちいいが先立って、そんなにどうされているかなんて記憶にないそれを。僕はただたどしくも精一杯、実行してみた。

「溶けかけたアイスキャンディーでも必死に舐めるつもりでやってみろ。そう…、根元からすくう感じに――――」

焦れったそうに、英二さんから、指示が飛ぶ。

「付け根から陰嚢に繋がってるところ、けっこう感じる」

これまでになく、なんだかすごく具体的。

「先端に戻って、尿道口を強く吸ってくれ――――、ああ…いい感じだ」

でも、出された指示どおりに頑張ると、英二さんのは見る間に勃起した。

熱くて硬くて触れているだけで僕まで勃起しちゃうぐらい、凛々しく逞しくなった。

「唾液が絡むほどジックリと舐め上げたら、銜えて吸え」

そうか。

僕に指示を出したり、僕がそのとおりにしているところを眺めているだけで、英二さんってばかなり興奮してるんだ。

「俺から一発吸い出すつもりで――――そう、っ」

よほどじゃなければ僕のおフェラで抜けるなんてないのに、なんだか今は本当にいきそう。それぐらい肉体だけじゃなくて、今の気分がいいんだ。

「んっ…っ」

そう感じると、僕は息苦しいのは息苦しいし。口の中はいっぱいで、モガモガしちゃってたけど。それでも言われるままに頑張った。

「菜月っ」

演出じゃないよね？　って声が漏れると、僕は股間がむずむずとしてくるのを感じながらも、おフェラを続けた。

「そこ、いい。もっと強くしてくれ…っ」

「っ…っ!!」

英二さんが感じてるって思うだけで、僕は今にも先走りで、自分のおなかを濡らしそうだった。

「触ってほしいか？」

そう聞かれて、たまらずコクリとうなずいた。

僕のジュニアは期待に満ちて、ピクンとしたのが自分でもわかる。

「一発抜けたらな」

『意地悪っ』

なのに、ニヤリとされると、僕はほんの一瞬だけ噛んじゃおうかと思った。

「噛むなよ。噛んだら一生触ってやんねぇぞ」

見抜かれて釘を刺されると、ますます逆らいたくなってくる。飼い犬だって噛むときは噛むんだからね！　って、きっとこういう気分かも。

「ふくれるな。気分がいいんだ。すぐにイク――――もう少し、強く吸ってくれ」

ただ、それでも英二さんの利き手が僕の髪に伸びて。少し汗ばんだ癖毛を愛(いと)おしそうに撫でると、僕の胸中に芽生えたささやかな抵抗は、スッと消えた。

そして、そのまま軽く髪を掴まれて、一瞬グイッと引き寄せられると、

「っ!!」

英二さんは全身に力を入れたと同時に僕の口内で一気にのぼりつめて。僕が咽(むせ)ぶほどの白濁を放ってきた。

「っ…くっ」

上手く飲みこめずに唇を濡らした僕にクククッと笑うと、英二さんは髪を掴んでいたその手で今度は僕の唇を軽く拭う。

「上出来、上出来」

そのまま滑りをおびた指先で、僕の胸元をまさぐった。

「ぁ…っん」

すでに硬くなっていたのは乳首も同じで。僕はそこを濡れた指先で弄られると、何かを言う前に喘ぎ声を漏らしてしまった。

「英二さん」

もっと触って――――、そう訴えるように体を起こすと。そのまま英二さんの体に覆いかぶさり、広い肩に両手を置きながらも、自ら唇を貪った。

「…んっ」

イッたばかりでも、十分に形を残している英二さんのに自分のものがぶつかると、僕の下肢は目前にあるエクスタシーばかりを求めて、妖しいまでにくねった。

「――――あっ、ん」

英二さんはそんな僕にあいたほうの手も伸ばすと、残っていた乳首を同じように愛してきた。

「英二さぁん」

僕は唇を離すと、肝心なところは触ってくれないの？　って、甘えた声を出した。

自分でも耳を塞ぎたくなるぐらい、甘ったれた口調だ。

「約束だからな、ここだけは触っといてやるよ。けど、あとは自分でやれ。自分がやりたいようにやって、俺の体を好きにしろ」

でも、そんな僕に英二さんはククッと笑うだけ。あとは濡れた指先で、僕の乳首を弄って遊ぶだけだった。

「何も考えなくていい。体が望むままに動けばいい。今、俺にキスして体を捩ったようにな」

たくさんの枕に寄りかかりながらも、「好きにしろ」って言うだけで。いつもみたいに得意な言いがかりもつけなければ、強引にエッチなことをさせる、なんてことも今夜に限ってはしなかった。

なんか、変――。

何がどうとは言えないんだけど、いつものイケイケ・ガツガツな英二さんらしくない。ムード満点に迫ってくる英二さんとも、ごっこプレイに燃える英二さんとも何か違う。

『これって、英二さんの新手のお仕置きかな？』

「早くしろよ」

ただ、そうは思っても僕をからかいながらも見つめてくる視線だけは、いつものように。ううん、いつも以上に熱かったから…。

「…ん」

僕はその眼差しに誘われるようにもう一度口づけると、そのあとは英二さんが言ったように体が欲するがまま、欲望の赴くままに、勝手気ままに動いてみた。

「好き…、大好き――英二さん」

英二さんの唇を奪いながらも、下肢は本能のままに揺らした。

「英二さんが、一番好き」

勃起した僕のものが英二さんのものに絡んで。最初はその刺激だけで呆気ないぐらいにイッてしまうと。次は溢れた白濁で滑りのよくなった下肢を擦り合いながらも、甘い溜め息を漏らした。

「誰よりも、愛してる」

いつの間にかそんな行為に夢中になると、大好きを超えた言葉がなんでもないように口をついた。

「My darling…I love you…」

テンションが上がりすぎて、意識が朦朧としていたからかな？　僕は日本語ほどさらりと出てくる第二の母国語まで、無意識に口をついた。

「My darling Eiji…I need you」

そして最後には、恐る恐るだったけど。僕は僕がイッたときから熱棒となって待ち続けていた英二さん自身にも自ら身を沈めた。

「っ…くっ」

何度繰り返しても挿入の瞬間だけは、腰が引ける。

英二さんから入れられてもらうならまだしも、自分からではなおさらだ。

「は…っぁ」

ただ、それだけに。今夜はいつになく肉体が英二さん自身を意識した。

こんなに自分の中に英二さんの存在を感じたのは、初めてのとき以来かもしれない。それぐらい、僕は自分の中に導いた英二さん自身を、体中で感じた。

「っ…英二さん…」

対面座位に近い姿勢で英二さんに抱きつくと、ベッドのスプリングを利用しながらも自分なりに、上へ下へと果敢に動く。

「英二っ…!!」

そして、秘所をクチュクチュとさせながらも抽挿を繰り返し、英二さんからのわずかな愛撫にさえ敏感に反応するようになると。僕は乳首をきつく吸い上げられた瞬間に、全身を反らして何度目かの絶頂へとのぼりつめた。

「んっ、ぁ…」

思いのほか激しく駆け抜けた快感に力尽きると、僕は英二さんの上に身を崩し、そのまま息も絶え絶えになってぐったりとした。

全身が余韻でビクビクとしている。

もう、どこをどう触られても感じてイッてしまいそうなぐらいだ。

「どうした？　もう終わりか？」

けど、僕の頭を撫でながらも、英二さんはまだクスクスと笑っていた。

その手も声も優しいには優しいから、まいっか――って感じだけど。それにしたって、やっぱり何かいつもと違っていた。

「?」

なんでこんなに英二さんってば、淡々としてるの？

まるで傍観しているみたいな態度なの？

やっぱり、怒ってるからこういう態度なの？

『英二さん…』

ただ、そんな不安を僕が顔に出したときだった。

「――――んじゃ、一ラウンド終了ってことで」

英二さんはずっと寄りかかっていた枕から身を起こすと、ぐったりとした僕の体にシルクの上掛けを掛け。あたりをぐるりと見わたすと、突然わけのわからないことを叫んだ。

「どうだ、菜月のケツは可愛いだろう!! 同じ顔のよしみだ、スペシャル大サービスで見せてやったぜ!!」

『はっ!?』

そして、ベッドから少し離れたところにあったプールか、プールサイドに何か見つけたのだろうか？

英二さんはベッドから飛び降りると、そのままの姿で駆け寄った浅めのプールへと入っていき。噴水口というか、オブジェというか。とにかくプールサイドに設置してあった黄金の獅子の像の目元に今使ったばかりのジュニアを突きつけると、

「でもな、こーんな可愛い顔やケツして、菜月は俺のコレでビシビシやられるのが大好きなんだっ

てよ!!　なんせ俺にベタ惚れだからな!!」

信じられない!!　像に向かってブルブルと回してみせた。

「えっ、英二さん!?」

僕はビックリしすぎて悲鳴をあげた。

そりゃ、数秒前の何か変だな？　掴みどころがないな？　どうしちゃったんだろう？　って英二さんに比べたら。今見ている英二さんのほうが、よっぽど英二さんらしいといえば英二さんらしい(それも大問題な!!)気はするけど。

でも、それにしたってこの行動にはなんの脈絡もないよ!!　気でも違ったの!?　って思ったから。

僕はベッドから身を乗り出すと、「何してんのっ、いったいっ!!」って叫んでしまった。

「いいか、ここまでしっかり見せてやったんだ。まかり間違っても、菜月のお人好しに淡い期待なんかするんじゃねぇぞ!!　もしまた今日みたいなことしやがったら、俺はたとえ国際問題になってもテメェの首絞め上げて砂漠の底に埋めてやるから、そこのところをしっかりと覚えておけよ、シェイク皇子っ!!」

「――――シェッ…シェイク!?」

でも、どんなに馬鹿げた行動でも、英二さんには意味も脈絡もあったらしくて…。

英二さんは黄金の獅子に向かってさんざん自分のモノをひけらかすと、その後はあっかんべーして室内をぐるりと見わたした。

「以上だ!!　第二ランドまで見やがったら、金取るからな!!　ここから先はそのつもりで監視しろよ!!」

そして、最後にもう一声張り上げると。あとは不敵な笑みを浮かべてから、そのままプールに身を浮かべ、軽く背泳ぎをし始めた。

「シェイク…、シェイクって…まさか!?」

僕は英二さんの行動だけを追うならば、この部屋ってもしかして、監視カメラがついてるの!?しかも、今の全部見られてたの!?　いや、英二さんがわざと見せてたってことなの!?　って思うと。慌てて上掛けを体に羽織って、プールサイドまで駆け寄った。

「えっ、英二さん?　今の何!?　今の、本当なの!?」

今さら隠したって遅いよ!!　って気はしないでもないけど。

それでも、見られているとわかって堂々とさらけ出せるほど、僕は英二さんじゃないし。どうしたらカメラに向かってジュニアをブルンブルン回せるんだかも、僕には一生理解ができないから。

「シェイクが見てたって。わざと見せたって、本当?」

僕はプールの中で気持ちよくプカプカしている英二さんの傍まで寄ると、まさか最初から気づいてたの?　わかってたの?　もしかして、だから変だったの?　って、必死に問いかけた。

「――――ああ。っていうか、見てたのは監視員であって、あいつじゃねぇかもしれねぇけど。カメラがいたるところにあるのはたしかだ。ほれ」

すると英二さんは、水の中に身を浮かべたままの姿で室内のあちらこちらを指差すと、僕に設置されているカメラの位置を教えてくれた。

「天上の四隅には、モザイクタイルの中に紛れてレンズが埋めこまれてる。プールには黄金の獅子の眼だ。それから、やたらに置かれている観葉植物の中も怪しいな。でもま、考えたらここは一国の宮殿だ。客間とはいえ、いつどんな客を泊めることになるのか、わからない場所だ。監視と安全・保護を兼用したカメラが付けられてても、文句は言えねぇだろう」

わかってるなら、せめてアソコは隠してよ!!

泳ぐならクロールとか平泳ぎにしてよ!!　って僕は口がパクパクしてるのに。英二さんは全然気にしてなくて。

「もっとも、こんな高貴なところに泊まりにきて、いきなりセックス始めるやつ自体稀だろうから。見てたのがシェイクじゃなくて真面目に職務を全うしてるやつだったとしたら、悪りぃ悪りぃって感じだがな。でもま、おかげでしばらくは話題にことかかねぇだろうから。そのへんはチャラってことで」

最長は十メートルぐらいあるだろうか?

ひょうたん型の洒落たプールを一泳ぎすると、英二さんは立ち上がると同時に黄金の獅子のほうに振り返り、

「ただ、VTRになんか録ってやがったら、テープごとこの宮殿を燃やしてやるけどな!!」

言いたいことだけ言ってカメラ目線でジロリと睨み。まさに水も滴るいい男を見せびらかすと、レンズの向こうにいる相手を見下しながら一笑を浮かべた。

「えっ、英二さんっ!! でもだからって。なんで知ってて――――信じられないよ!!」

「そうか？ たまたま国境を越えて芽生えた友情が、間違っても変な愛情にならねぇように、わっかりやすい釘を刺してやっただけだがな」

その姿はカッコイイにはカッコイイんだけど。だったら最初のブルブルがなければもっとカッコよかったのに…って、思わせるところが英二さんだ。

「英二さん…、それって」

しかも、こういう勘ぐりというか嫉妬というか、縄張り意識というか。僕ならするまい、出すまい、考えまいって極力思うことを。なんでもないような顔で、堂々と人に見せるのも英二さんで。

「それも何もねぇよ。俺は単に、俺と同じ顔のやつなんか、絶対に信用しねぇぞって言いたいだけだ。特に、どんなに高貴なお育ちで、人としての基本ができてたとしても。本家本元でハーレム持ってるような色男の腰の軽さを、誰が見逃すか。悪いがな、この手の顔はモテるしコマすんだよ。自分でそれ言ったらおしまいでしょ…っていうのも、英二さんならではだった。

んなものは他の誰が知らなくたって、お前が一番知ってんだろう？ ん、ダーリン」

「違うか？」

でも、そんな英二さんにベタ惚れしちゃったのはたしかに僕で。

花魁芸者をハーレムに連れて帰りたいと笑顔で言って、絶食の刑をくらったとシェイクから聞いたときに、「この手の顔は…これだよ」と苦笑しちゃったのも僕だから。

「違わない。この手の顔にはご用心ってことだけは、肝にすえとく」

僕は英二さんの言葉には、何一つ反論はしなかった。ただ、シェイクのことより気になるのはナージさんのほうなんだけど…って反撃しようとしたときだった。

「――――そんじゃ、一喝入れたところで二ラウンド目をやるか♡」

プールから上がると英二さんは、僕に向かってさらに暴言をかました。

「相手に根性がありゃ、ここからあとも観戦してっかもしれねぇけど。たまには見られながらやるのも萌え萌えしていいだろう。なぁ、菜月♡」

英二さんは上掛けを羽織って必死に体を隠している僕に抱きつくと、そのまま肩に担ぎ上げてベッドへと戻った。

「えーっっっ!!　やるわけないでしょ!!　冗談じゃないよ!!」

「いいから、いいから。恥ずかしかったら上掛けでケツだけ隠してやりゃいいだろう？　それもなんか半端でやらせくせぇテレビのラブシーンみたいで、たまにはおもしれぇかもしれねぇしな」

その間も自分はいっさいどこも隠さずに、いつもの調子でモンローウォークして。アソコをブラブラさせながら歩いていた。

「そういう問題じゃないよ!!　もう、見られちゃってるかもしれないのに!!」

「だったら一度も二度も同じだよ」

いや、もしかしたら見られることには慣れっこなうえに、カメラが回るとさらに張りきる天然芸人な英二さんだけに。監視カメラとはいえ、わかっていながらエッチしてたところで、もう内心メラメラしていたのかもしれない。

「ちがーう!!」

「一緒一緒♡」

なんせ、一方的にカメラがあることをわかってるんだよ〜っていうよりは。いかにも見る側も見られる側も、すべてが知っていたうえで堂々と!! というほうが、英二さんの萌えツボそうだし。

僕も監視さんも知らずにすんでしまった一ラウンド目より、ここからのほうがはるかに楽しくて楽しくて仕方がないみたいだったから。

「ほら、せいぜい可愛い顔でよがって。カメラの向こうにいるやつらを挑発してやりな♡」

もちろん、そこにカメラがあるだけで。必ずしも監視されていた。ましてや見ていたのがシェイクだった!! という可能性は、単なる可能性だから。この場合「誰も見てなかった」という可能性もある。

いや、僕としてはそっちの事実を祈るばかりだったけどね。

「あ、でもコレが癖になったら、家で秘蔵ビデオの撮影しような〜♡ お互い年くったときに、きっとあの頃は萌えたな〜とか言って、茶飲みながらまた萌えること間違いないぜ♡」

「だからどうしてそういう発想になるの、英二さん!!」

でも、どんなに祈ったところで。ゆくゆく変なビデオ撮影会とか家でやられちゃうのは間違いないみたいで。

僕はここにい続けるのも心労がかさむけど、家に帰って英二さんの部屋が気が付いたらスタジオ化してた!! なんていうのよりはマシかもしれないと思うと。再び引っ張り込まれたベッドの中で、恥ずかしさと困惑からわめき散らすことしかできなかった。

「もう、英二さんの馬鹿ぁっ!!」

ちゃんと上掛けで下肢は、隠してはくれてたけどね。くすん。

7

もしかしたらギャラリーがいたのにエッチしてたかもしれない!!　という泣きたくなるような一夜が明けると、僕らは国を挙げてお祝いされるというシェイクのお誕生パーティー当日を迎えた。

いくら僕らが公式の場でもふさわしいだけの身なりをしてきたとはいえ、二日も三日も同じ服は着てられない。

自社ブランド以外の服には袖を通さないがモットーの英二さんでも、さすがに今回ばかりは無理!!ってこともあって。僕らはナージさんが用意してくれた衣装を、今度は四人そろって着ることになった。

「わぁ♡　英二さん本当に王子さまみたい!!」

「っていうか、すでにキング!!　王子さまっていうより、やっぱり王!!」

真っ白なカンドゥーラに、ひらめくカフィーア。砂漠の国独特の衣装は、何度見ても絵本やアニメで見たアラビアンナイトの世界を思い起こさせる。

よく着物を見ると、サムライとかハラキリとか言っちゃう外国人がいるのと一緒で。民族衣装の持つイメージって、こうしてみると本当に偉大だ。

「目茶苦茶カッコいいよ、英二さん♡」

ただ、よくよく考えたら普段から露出好きの英二さんが、ここまで肌を隠している姿はめったにないかもしれない。

顔と手以外は出ていないなんて、カメラの前でも全裸ウォークをやっちゃう人とは別人だ。

「直先輩のほうは、どちらかというとオイルダラー令息って感じだね♡　カッコイイー♡」

けど、それだけに鋭い眼差しを持った端正な貌に艶やかな黒髪が覗くところは、絶品としかいいようがない。

すべてを覆い隠す中からチラリと見える雄々しさが、英二さんの持つセクシャル度合いを凝縮しているようで。それはもう、熱砂の獣(オトコ)再び!!　みたいなカッコよさだ。

「うんうん。直先輩もカッコイー♡」

しかも、今回は。やることは何気に妖しいけど、上辺(うわべ)だけなら皇太子!!　みたいな直先輩まで一緒なわけだから、その見栄えのよい迫力は二倍どころか三十倍って感じで。

「僕らのダーリンって、本当にカッコイイよね」

「ねー♡」

僕と葉月は、周囲の目も気にせず大はしゃぎだった。

「菜月さま、葉月さま。そろそろお時間ですので、簡単なお化粧を」

「――――あ」

「けっ、化粧…」

ただ、申し訳なさそうなナージさんの声を聞くと、僕らは自分たちに課せられた難題を思い起こし、とたんにダークになった。

「化粧ね…」

何が難題なのかといえば、ある意味難を事前に避けるための難題なんだけど。

それは急遽僕と葉月が、同じ民族衣装やフォーマルでも、女性用のものを着用する。それぞれが英二さんと直先輩のお嫁さんという設定で、今日一日は過ごすことになってしまったからだ。

「すみません…本当に」

「――――はぁ、仕方ないですよ。別にこればっかりはナージさんが悪いわけでもないし」

どうしてそんなことになってしまったかといえば、それは単に僕らの容姿が災いしたからで。初めはちゃんと英二さんや直先輩と同じように、男性用を用意してもらって着たんだけど。それを見た英二さんが、「なんかいかにも金持ちの変態親父に買われていきそうな可愛さだな」「気がついたら奴隷市場にでも売られてたりして」って、ケラケラ笑ってはしゃいだもんだから。ナージさんや侍女のお姉さんたちが顔を見合わせると真顔になって…。

「ご、ご用心のために、お二人には早乙女様たちの奥様ということにしましょうかっ!!」

これは洒落や笑い話ではすまされない。

気がついたらどっかの男の子好きな親父（やっぱり金持ちには多いのか!?）にでも連れ去られた

ら大変なので、だったらいっそ夫婦同伴として参列していたほうが安全だろう。

シェイクの友人という肩書きだけより、シェイクの友人夫婦。しかも僕らは妻!! 既婚者!! だとアピールしておいたほうが、好きモノ親父には有効だろうと判断。

結局僕と葉月はアラビアンナイトに出てくるお姫さまみたいな衣装（刺繍も飾りもいっぱいで、かなりコテコテだ）を用意され。どこから見たって双子のお姫さま!! しかもすでに人の妻コスプレをさせられることになった。

ま、僕はもうウェディングドレスまで着ちゃってるから、諦めろといえば諦めるけどさ。

『気の毒に、葉月――――。今にも倒れそうなぐらい顔色悪くなってるよ』

でも、見た目は同じでも中身は僕よりよっぽど凛々しい葉月からしたら、これはただの拷問だろう。

「菜っちゃんは可愛いかもしれないけど、僕やだよ!! こんなのただのオカマだよっ!!」

「そんなことないよ、葉月。ビックリするほど可愛いよ」

どんなに周りが誉めても、鏡を見たら気を失うかもしれない。

「もちろん、生まれたままの葉月が一番可愛いけど。こういうのも目新しくていい感じだよ。学ランとスカポリの次に好みかもね」

「本当？ だったらいいけどぉさ～」

『え!? いいのか葉月!!』

ま、それはちょっと前の葉月だったら――ってことらしいけど。

『それにしても、今の学ランとかスカポリの次にって、どういうこと!? 普段なにやってんだよ、二人して。直先輩、受験勉強大丈夫なのかな!?』

僕は見ていそうでじつは見えてない葉月と直先輩の付き合いに一抹の不安を覚えると、姿見に向かいながらも苦笑しまくってしまった。

「スカポリ…、逮捕しちゃうぞ♡ とかやってんのかな、あいつら。いいな～手錠プレイか♡」

すると、そんな僕を慰めるというよりは、からかうように英二さんが声をかけた。

鏡の中に映る二人の姿は、まるで絵本の中の一枚絵。

僕を幼な妻に作りあげて大満足していた侍女のお姉さんたちは、どこから見てもお伽の国の夫婦な僕らに、声を殺して歓喜している。

「あ、でも俺は新人警官と無実の逃亡犯とのせっぱつまったギリギリ路線とかのがいいな～♡ 俺は誰もやってない!! 信じてくれ!! とかってさ♡ あと、囮捜査がバレて危機一髪な警官とやくざの組長もありか♡」

きっと、自分たちの皇子様にもいつかこんな日がくるのかな？ とか思ってるのかな？

もしくは僕の位置に自分がいたら、どんなに素敵♡ とか。

「でも、その前に。カメラ用意してアダルトビデオ撮影しような♡ お前も金がなくて身売りした高校生。俺、監督兼本番男優な。こんなことまでするなんて、僕聞いてませ～んって、泣きながらも快楽に溺れていくパターン。帰ったらさっそくやろうな、菜月♡」

まさか、こんな気合いの入ったカッコした二人の会話がコレだなんて想像もつかないだろうし。

ましてや皇子様にそっくりな英二さんが、監視カメラに向かってピーをグルグルして見せちゃうような人だとも思ってないだろうから。

きっと傍から見たら僕らって、とってもドリーミングな存在だ。

「――――英二さん。お願いだから、全裸ウォークで限界にしておいてっ。どうしたらそんなにポンポンポンポンごっこ遊びを思いつくのっ」

「そりゃごっこだからよ♡　決まってんだろ。真剣にやろうと思ったら大変そうだがな、ごっこなら手軽で罪悪感もなくていいだろう♡　今度菜月も考えとけよ」

『それで考えるようになったら、そのときこそ僕は、人としておしまいなんじゃゃ…』

どこまでも、現実はこうだけどね。

「それでは、お仕度が整いましたらこちらへ――――」

でも、もしかしたら。こういう英二さんと一緒だから、僕はいつでもどこでも現実を忘れないでいるのかもしれない。

「ああ…。行くぞ、菜月」

「はい」

どんなに「夢見たい♡」と思えるシチュエーションに囲まれても、「でも僕は夢を見ているわけじ確信できるのかもしれない。

こんな夢のような砂漠の宮殿に。まるでお伽話のような現実離れした世界に。そろいもそろって舞いこんでいるというのに。

「あ…早乙女様。申し訳ございませんが、本日も…」

「ああ、わかってる。さすがに公式の場でサングラスってわけにはいかねぇから、普通の眼鏡でもかけとくよ。さっき気の利く侍女のねぇちゃんが、渡してくれたしな」

「…あ、さようでしたか。ありがとうございます」

これが夢や幻なんかじゃない。

どこまでいっても、現実なんだって。

『ナージさん…』

ドキドキしたりチクンとする胸が、僕自身にだけは教えてくれるから――――。

「菜月!!　どうした?」

「あ、はーい!!　今行きますっ」

「はーい」

「はい」

「直也、菜月」

ゃない」って、

その日宮殿で一日がかりで行われたシェイクのお誕生パーティーは、とにかく僕らから見たら桁外れも桁外れ…としか、いいようのないパーティーだった。

「わぁ…、それでもさすがは本家本元の皇子さま。眩いばかりの衣装。シェイク素敵～♡」

たしかにここまでくるにいたって、規模が違うよと思うことは多々あった。

すぐそこだと言って連れてこられたら、海外だったとか。

じゃあここでお休みくださいと言われたら、体育館みたいな室内プール付きの部屋だったとか。

おまけに監視カメラまで付いていたり、もしかしたらエッチしているところを見られたり。とにかく、想像を絶することばかりが起こってきたといっても過言ではない。

「あん？　なんだって？」

「え？　あ、いや。だから、衣装が…素敵♡　って」

「――――ふんっ。わざとらしい」

「英二さん…。揚げ足取りだよぉ」

けど、それでもこの「お誕生パーティー」とかって名前の、一見こんじんまりとしても聞こえるワールドクラスのパーティーのすごさに比べたら、すべてが霞むよって感じだった。

それこそコールマンのジジイがクリスマスと僕らの結婚式をいっしょくたにやったあれもすごいといえばすごかったけど。まだこの国の皇子のお誕生パーティーに比べれば、可愛いレベルの「内内」と言えるものだった。

「まあいいさ。あそこまで面から体型から似てるんだ。お前が誉めたくなったところで仕方がねぇ。ただし、あいつが数年後の皇帝に即位するときには、もっと歓喜させてやるし、誉めさせてやるぜ。新生SOCIALの衣装でな――」

「え？　新生SOCIALの衣装で？」

なぜならこのパーティー、とにかく何十人なんて規模の招待客じゃない。どう見ても何百人はいるでしょう…というクラスのもので。宮殿の中でももっとも大きな大広間（体育館四つ分ぐらい？）と、そこから出入りできる中庭一帯（とにかく広い!!）を使って開かれたんだけど。その招待客の内訳がまたすごくて、来客の半分ぐらいが自家用機を飛ばして次々とファサイル空港に降り立って、宮殿にくるような人間たちだった。

それも、お金持ちの友達はみなお金持ち。皇族の知り合いはみんな高貴な方々なのか？　と思わせんばかりにキラキラしてて…、しかもそういうのに限って家族総出でお祝いにくる。

見るからに三世代とかざらにいる。

なのに、伝統的なしきたりだとか、どうとかで。シェイクは会場となる大広間の入り口でお客さまを出迎えると、一人一人からお祝いの言葉や挨拶をもらっては感謝を返して、中へと通すということを延々としていたんだけど。そのおかげで最初のプログラムをこなすまでに、三時間あまりもかかった。

「ああ。俺をここに引き止めて仕事を休ませた代償に、ナージが皇族や国会議員のスーツのオーダーをあれこれと用意してくれたんだがな。そんなものはいいから、世代交代の式典のときには、衣装をうちに依頼しろと言ったんだ」

「衣装を依頼？　それって、もしかして王家ご用達を取ったたってことなの？」

それこそ僕らが会場に入って、とりあえず立ち話でもしてよっか…ってしゃべっている間に、二時間ぐらいがあっという間に過ぎてしまい。僕は思わず行列のできるラーメン屋さんの店長さんって、きっと毎日こんななのかな？　もしくは、アイドルの握手会？

すごく例えにギャップはあるけど。それぐらい、一般人からしたら「なんだこの行列は!?」って状態が、午前中からお昼まで延々と続いたんだ。

はっきりいってここまで人が並ぶと、身分なんか関係ない。誰もがただの行列人に見えるから、たいしたものだな…って、感心するぐらいにね。

「いや。王家ならぬ皇家ご用達の肩書きだけなら、今後はスーツをぜひうちで…って話だけだけどな。俺が要求したのは、さらにその上だ」

「その上？」

「ああ。サラの歴史に名を残す一着を、もぎ取るんだ」

けど、それでもサラのという国が本当に民主主義だな。

どこのどんな国に対しても中立を守れるだけの立場というか、強さをきちんと持っている国なんだなって思わせたのは。どこの国のどんなお偉いさんだろうが、控え室で挨拶を待つのは変わらなかったし、順番が入れ替わるなんてこともなかったことだった。

それこそ誰もが知る大国の代表者も、僕らみたいな突発のお客さんも、みんな同じ扱いで。

この様子に英二さんは、「人を勝手に連れてきて、特別待遇なしかよ!! したくもない挨拶のために、お並びさせるのかよ!!」って、わざとらしく怒ってみせたけど。直先輩と交わしていた視線では、「マジにすげぇ国だな」ってやり取りをしていたぐらいだ。

「サラの歴史に、名を残す…の？」

「そうさ。日々着用してもらうことも大事だがな、こういうイベントがいずれあることはわかっているのに、見逃す手はねぇだろう？ しかも、今の皇帝はすぐに四期目に入る。この国の法律で行けば、あと五年もしないうちにあいつが現皇帝に代わって選挙に出る。そこで当選すれば、世代交代が行われるってことだ。あいつがこの国を統治する時代が、やってくるってわけだ」

自国のルールを強制するわけでもなく、ごく自然に他国の人間に守らせる。

これは「郷に入らば郷に従え」が当たり前だとは思っても、実際となったらとても難しいことだし。特に国が絡んだ強弱関係が見える場合には、なんだかんだいっても待遇とか贔屓とかが、なんらかの形で現れるものだから。

それが全く見えない。真の平等を貫けるというのは、いかにこの国やこの国の人々が強い意志とそれを貫けるだけの地位を確立しているかという表れだ。

「シェイクが統治する、時代か……」

「今の国政やあいつ本人に、何事もなくいけばだがな」

「？」

「まかり間違って、クーデターが起こったり、本人が病気でポックリとか、犯罪者とかにならなければ————って話だよ」

「あ、そういうことか」

豊富な油田とオアシスを持つ国・サラ。

「もちろん、だからナージの揚げ足をとってこんな話をまかりとおせと迫ったところで、五年後なんて未来じゃ、こっちだってどうなってるかわかりゃしない。俺の采配の悪さで経営破たんになったり、親父や雄二たちがとぼけたものしか創れなくって、時代に捨てられてSOCIAL倒産！なんてこともなくはない」

「えっ、英二さん!! それって縁起でもないよ」

誰もがお金持ちで一年の何割かを海外で過ごすような国なのに、何かが起これば一般市民が毅然と戦士に早がわりできるというサラ。

「それほど、今の世の中厳しいってことだよ。理屈や道理はねぇんだよ。商売だろうが人生だろうが、戦場で勝利の女神に捨てられたら死ぬしかねぇって————そういう時代なんだよ」

「英二さん」

これはもしかしたら小国だからこそ、限られた人口だからこその徹底ぶりかもしれないれど。

　それでも今の世界で、文武両道と中立をここまで堂々と他国にまで示せる国は、いかほどもないだろう。

「でも、だからこそ。もらえる肩書きなら貰っとこう。使えるコネなら使っておこうって発想になる。いきなりこんなところに連れてこられて、お礼だか歓迎だかしたいというなら。そんなもんはいいからＳＯＣＩＡＬの専務に対して、サラからしかよこせねぇスペシャルなメリットを出せってことになる。せっかくここまで面が似てるんだ、あら偶然ビックリ!!　ですませるのは、商人としたら無能だからよ」

　そう考えると、たしかにこんな国を作り守り続け、これからも育んでいくのだろうサラの人々と。そんな人々から代々長として選ばれ続けるファサイル皇族家は、偉大だとしか言いようがない。

「ただし、現状ではＯＫを取ったわけじゃねぇ。さすがに式典用の衣装うんぬんなんてレベルの話を、ナージ一人の独断でうちに決められることでもねぇから、口約束でもＯＫとは言われてねぇ」

　次世代の皇帝、シェイク・ジャビール・アル・サウード・アル・クラハラ・アル・ファサイルも、きっとそんな偉大な皇帝の一人になっていくのだろうと思うと。今さらのようだけど、僕らはとてもすごい人と知り合い、友達になった。

　とてもすごい人が、早乙女英二と同じ容姿を持っていることを知った。

　そうとしか、思いようもない。

「けど、あいつが俺に瓜二つであるかぎり。世界中のどこを探したって、うちのデザイナーとテーラー以上に、あいつを飾り立てられるやつはいない。輝かせられる衣装を、作れるブランドはない。そこだけは自信を持って言いきれるから、俺はナージには仕事をよこせと言った。今は頭に入れといてくれるだけでいいから、そのうち現在の皇帝なり次代の皇帝に話してみてくれと依頼をしたんだ」

ただ、それとは逆に。僕はシェイクやサラの人々も、偶然とはいえこんな英二さんを知ったことや触れたことでは、何らかの感動を覚えていることだろうとは思う。

異国に生まれ住みながら、その存在から熱砂のような熱いオーラを感じる男。そんな英二さんに出会ったことで、何らかの感動を――――ね。

「SOCIAL以上にシェイクを飾り立てられる、輝かせるブランドはない…か。そうだね。確かにシェイクに一番似合う服を作れるのは、きっとシェイクに会ったら歓喜しちゃうかもしれない、早乙女ファミリーの人たちしかいないよね」

「あいつがどう思うかは知らんがな…と、そろそろ中庭に移るみたいだ。行くか」

なんて話をしているうちに昼食が終わると、祝宴の場はいったん中庭のほうへと移った。

「行く！　なんでもシェイクが馬に乗るって言ってたし」

「ああ、そういや本場の競馬が見られるんだったな」

「――――本場？」

僕らは人の波に流されるように、広大な中庭へと歩く。

やっぱりサラの日差しは強くて、空気は日本より乾いた感じがした。けど、今日はドレスを着てても頭に被り物があるから、かなり違う。

普段は気にしたこともない布一枚や湿度の一度が、なんかとても貴重なものに思える。

「今の競馬馬（うま）、サラブレッドはもともと走りの強いアラブ馬を掛け合わせて改良されたもんなんだよ。いつ頃だったかな、大昔の英国に献上品として持ちこまれたのが最初だったかな？　とにかく、アラブの馬はよく走るんだ」

そんなことを感じながらも砂交じりの風が足元を吹きぬける中、僕らはグラウンドのような場所に出た。

なんでもサラの男はお誕生日に人を招く際には、競馬を見せる風習にあるそうで。それは去年と比べてどれほど成長したかを、手綱捌（たづなさば）きとかで明らかにするらしく。また、腕に覚えのある男たちと競い、いい勝負をするようになれば一人前の男として認められる。

すでに認められているものは力の持続や向上を認められる。そんな意味があるらしい。

「ふーん…そうなんだ。でもさ、英二さん。馬がすごいのと、中庭をちょっと抜けたら馬場（ばば）があるってことって、何か関係あるのかな？」

とはいえ。何につけて壮大なのは明らかで——。

「土地が余ってたんだろう？」

「そっかー。あっはははは」

僕や英二さんは目の前に広がる馬場を眺めながら、二人して空笑いし続けてしまった。

馬に跨り、颯爽と目の前を駆け抜けていったシェイクについつい歓喜しながらも、

「ところで、英二さんは乗馬できるの？」

「馬肉は好きだぜ」

「そっ、そっかー。あっはははは」

そのあとはいらないことを口走って、思いきり口ごもり。僕は一人で空笑いをし続けてしまった。

『聞かなきゃよかった』

そりゃそうだよね。大都会育ちの英二さんが趣味でもなければ、馬なんか乗らないもんね。

『でも、英二さんだったら乗馬姿も素敵だろうな〜♡』

けど、目に焼きつくほどカッコよかったシェイクの乗馬姿は、そのあとも僕に楽しい妄想を与えてくれた。


「ねぇねぇ、葉月♡　今度機会があったらみんなで乗馬しに行ってみたいね」

英二さんは白馬の王子さまタイプではないけど、漆黒騎士さまタイプだとは思うし。カウボーイ系だったら、ナチュラルに滅茶苦茶似合んじゃないかな〜なんて思って。

「いいね、それ」

でもって、直先輩はやっぱりナイトか王子さまっぽく。

「じゃあ次にジジイのところに行ったら、乗らせてもらおう」

「え!? ジジイの城に馬なんかいたっけ？」

そして僕と葉月は———。

「うん。城の裏庭にいっぱいいるよ。なんでも競走馬育てて、趣味と実益でぼろ儲けしてるらしいから。ついでに競馬に行って一攫千金も狙おうね！ ジジイにちょっと甘えて、ここのお馬さんの応援に行くから、おこづかい欲しいの～って言えば、きっとたっぷりこづかいくれるはずだからさ。それで勝ったらラッキーってことで。でも、負けても腹は痛まないから、いいしね」

僕と葉月はどうやらダーリンたちと一緒に馬に乗って「きゃ♡」とかってことにはならず、競馬場で「行け行けー!!」とか叫ぶはめになるらしいけど…。これはこれで一つの妄想だから、よしとするしかない。

『葉月。いつの間にか立派にジジイの孫だよ、孫。しっかり利用するとこは利用して』

まぁ、話題を振った相手が悪かったのか、それとも誰に振っても同じだったのか。すぐに現実に引き戻されたことはたしかだったけど。それでも一瞬はいろいろ想像して楽しかったから、僕は「いつか英二さんに乗馬を見せて（乗れるようになって）もらおう♡」って思いつつ、その後もうきうきと過ごした。

最初はなんて時間のかかるお誕生会だろう？　盛大なのも時と場合によっては大変だなって感じだったけど。それでも昼食や競馬が過ぎるとあっという間に夕方で。

中庭から大広間に戻る頃には、夕食が用意されていて。

ダンスパーティーなんかも始まったりして、あっという間に夜になって。パーティーも一日も終わってしまった。

宮殿の外にはいたるところに篝火（かがりび）が点（とも）されて。気がついたら、もう帰るんだよね。嬉しい反面、名残（なごり）惜しくもあるね、って時間になっていた。

「あ？　やばい。迷子になっちゃったよ」

ただ、お泊まり予定以外の招待客たちが、次々と宮殿から引き上げて。僕や葉月がようやくドレスから解放され、クリーニングしてもらった元の服に着替え終わった頃だった。

「ここ、どこだろう…」

本当なら英二さんや直先輩も元の服に着替えて、さあこれから帰国だよ――って段階になったのに。

僕はちょっとトイレに行ったあとに、たまたまナージさんがいつも連れていたSPさんに声をかけられて、「いやいや、今日は可愛かったですね。本当にどこかのお姫さまのようでしたよ」「それは言わないでくださいよっっっ」なんて世間話をしながら少し歩いて。

「じゃあ、また後ほど。支度をしましたら、日本まで送らせていただきますので」って言われて、調子よく「はーい」って笑顔で答えて振り返ったときには、自分がどこにいるのかわからなくなってしまったんだ。

しかも、すぐにSPさんを追いかけたんだけど…それが災いしたのか、僕はますます目的地とは別のほうへ行ってしまったらしく。ものの十分かそこらの間に、広い宮殿内で迷子になってしまったんだ。

「どうしよう。あそこにいる警備の人に、頼むしかないかな？　昨日からいるのに、僕が泊まってた客間はどこですか？　なんて聞いたら、笑われちゃうかな？」

右を見ても左を見ても、立派で綺麗で素晴らしい内装だ――ってことだけはわかるんだけど。考えたら市内は回ったけど、城内は使った場所だけを行き来したぐらいだったから。僕は目新しい場所に出たとたんに、完全に首を傾げるはめになってしまったんだ。

【あの――】

仕方なく、僕は「旅の恥はかき捨て!!」と、近くにいた警備の人に声をかけようとした。

「何やってんだ、菜月!!　こんなところで」

「え？」

が、背後からふいに声がかかり、僕はとっさに振り向く。

「ほら、ぼさっとしてねぇでこっちこいよ」

すると、そこにはなぜか英二さんのスーツを着て、ちゃっかり今日かけていた眼鏡までかけたシエイクがいて。しかも、英二さんになりきったようなべらんめいな口調で声をかけると、僕の腕を掴んで強引にその場から離し、近くにあった一室へと僕を引きこんだ。

「シェッ、シェイク!?」

ここはなんの部屋なんだろう？　相変わらず一室が大きいけど、それでも体育館クラスではない。むしろ、見わたせる程度のこれも応接間？　なのかな。

なんか、今まで見てきた部屋に比べると、一番親近感の湧く「ちょっとおしゃれな都会の応接間」のように感じられた。

家具もアンティークとかじゃなく、最近のデザインモノで。でも、入り口から見て左右の壁には扉が一つずつあるから、ホテルみたいに続き部屋があるんだろう。

きっと全部纏(まと)めたら体育館みたいかもしれない部屋だ。

「どうしたの、シェイク？」

ただ、そんな部屋のことはともかくとして。僕はシェイクと会えたんだから、迷子からは救済された!!　これで英二さんたちのところに戻れるってホッとすると。純粋に英二さんぶっているシェイクがおかしくなって、「何してるの、こんなカッコして」って、笑ってしまった。

「何してるのって、俺は英二だよ」

けど、シェイクは僕が全然騙されなかったから、逆に引っこみがつかなくなっちゃったのかな？　声をかけてきたときより、むしろ素に近くなっちゃってるのに。自分は英二さんだって言い続けた。

「え？　じゃあ英二さんゴッコしてるの？　やめなよ。そんなことしてシェイクのガラが悪くなっちゃったら、サラの人たちが泣いちゃうよ。私たちの皇子さまが突然野蛮人になったーって」

「やっ、野蛮人？」

とはいえ、さすがに僕の言いっぷりがよかったのかな？

シェイクは僕が堂々と英二さんのことを「野蛮人だ」と口にすると、完全に素に戻ってしまった。

「あ、でも。それでもなりきりゴッコを極めたいっていうなら、最初に覚えるのは口調じゃなくて、モンローウォーク。しかも、ちょっとチンピラ歩きが入った、なのにショーの舞台でも通用しちゃうような、雄のフェロモン振りまくりな歩き。多分、あれをマスターすれば葉月あたりまで騙せるかもしれない。本当に英二さんって、後ろ姿だけでも英二さんだよってわかるぐらいに、独特なノリと、下品ギリギリな腰つきで歩くからね」

「そ、それでも葉月までなら…なの？」

そのうえ「下品ギリギリ」まで言いきると、それはそうとう難関だ――とでも思ったのか、すっと両手を挙げると「降参」ってポーズをとった。

「そう。葉月までかな」

ま、しょうがないよね。だって、英二さんがシェイクのふりをするより、シェイクが英二さんのふりをするほうが、絶対に難しいもの。

なんせＴＰＯさえわきまえれば、英二さんがそれなりに「上品な男」を演出するのは可能だけど。生まれたときから皇家で皇子として徹底教育されたシェイクが、天然な英二さんの「下品ギリギリ」を演出するのは、きっと悪魔に魂を売っても無理だと思うし。たとえ頑張ってウォークまではマスターしても、じゃあそれを全裸でカメラの前で楽しそうにそれやってみて♡　って言われたら、絶対にできないだろう。

いや、あんなものは普通に生活している人間にだって、できるかどうかは怪しいレベルのことだから。シェイクがそんなことをした日には、即死するサラ人がきっと多発するに違いない。

ナージさんなんか、真っ先に倒れそうだ。

「ちぇっ。それじゃあお手上げだね。どんなに私が頑張っても、やっぱり菜月だけは騙せないんだ。英二の服まで勝手に借りてなりきってみたのに。一瞬たりとも騙せなかったなんて、気合い入れた分だけ、けっこう悔しいな」

ま、本人にしてみれば下手に頑張った分だけ、どうしても僕にだけ通じないところが、ムムッて感じなのかもしれないけど。でも、僕が最愛のダーリンを間違うなんてことだけは絶対にないから、シェイクには「ここだけは妥協できないし、嘘もつけないんだ♡」ってことで、笑って許してねだった。

「シェイクってば、そんなにムキにならなくてもいいのに。別に僕がシェイクを英二さんに間違えたからって、なんにもいいことないじゃない」

「そんなことはないよ」

シェイクはそんな僕に席を勧めると、自分もソファへと腰かけた。

「どうして？　やったーとか、ぐらいは思うの？」

僕は自然に隣へと座った。

特にここで長話はするつもりもなかったけど、シェイクの「どうぞ」って仕草はとても優雅で紳士的で。僕はそれを断わることさえ、考えつかなかった。

「――――思うよ。たとえ一瞬でも菜月が私を英二と間違えてくれれば、その一瞬の菜月の愛だけは、私のものだから」

「シェイク!?」

それこそ、いきなり話をこっちに持っていかれて。手までギュッと握られた瞬間には「英二さんに言われてたのに、しまったかも!!」とは頭に過ったけど。その一秒前まではまったく何も考えなかったほど、シェイクからは危機感らしいものは全然感じられなかったから。

「どんなに菜月が英二を愛していても。菜月が私を英二だと思ってキスの一つもしてくれれば。うん、せめて一夜だけでもともにしてくれれば、私の想いは多少なりにも報(むく)われるからね」

「シェイク!!」

僕は英二さんが、「この手の顔は信用できない」と自ら言っていたにもかかわらず、シェイクにその場で抱きしめられてしまった。

「愛しているよ、菜月」

「な――――」

そのままソファに押し倒されると、深々と唇を塞がれる。

「んっ!!」

条件反射のように逆らう両手はことごとく封じこまれ、僕は歯列を割られるとシェイクの舌先にまずは口内を犯された。

「んっ、っ」

唇から伝わる刺激に、頭の中がボ~としてくる。

「君が英二を好きなことも、英二が君を好きなことも。何より君がすでに英二のものだってこともわかってる。けど、それでも私は菜月が欲しいと思うのを止められない。君から愛されたいと思う心も体も、歯止めがかけられない…」

キスの合間に、切なげなシェイクの想いが声となって耳に絡む。

「そっ、それって昨夜見たって言ってる!? 昨夜監視カメラで見たって、もしかして白状してる!?」

僕は現状を回避したいがために必死に話題を逸らし、シェイクの体も押しのける。

「あれは英二が先に私を挑発したんだ!! 別に私は、最初から君たちの行為を見るつもりなんかなかった。むしろ、万が一そういうことになったら監視員には席を立つようにって、モニター室に伝えに行ったら、もう始まってて――――。慌ててモニターを切らせようとしたら、たまたま英二がカメラに向かって目線を合わせてきて…。わざわざいいだろうって顔して、舌を出したんだ」

「なっ!!」

けど、もしかしたらそれは触れないほうがよかった話題らしく。シェイクは昨夜のことを自ら口にすると、英二さんへの悪意を表した。

「菜月は頑張っていたからわからなかっただろうけど。とにかく英二は私に対して、そういうことをしたんだよ。私が菜月に気があることがをわかってて。どう頑張っても諦めるしかない立場だってことも知っていて。どんなに同じ姿を持っていても、私にはない自由も恋も持っているくせに。それがわかっているくせに。なのに彼が私に見せびらかすようなことをするから、我慢が利かなくなったんだ。本当に欲しいと思う気持ちを、抑えられなくなったんだ。いくら菜月を連れ回したことに腹を立てたからって。私だって英二があそこまで敵愾（てきがい）心と優越感を見せつけなければ、ハーレムの女たちの中にでも閉じこもって、せめて肉欲ぐらいは打ち消したよ!!」

「――――っ」

別に最初から悪意があったわけではないし、僕にもここまでどうこうしようと思っていたわけではない。でも、あまりに英二さんから敵視されて威嚇されたものだから、我慢ができなくなったんだと、腹立たしそうに吐き出した。

「でも、結果的には私は見てしまったんだ。英二にはとんでもない姿を見せられて、モニター室を半壊するはめになってしまったけど。それでも昨夜は君に愛される英二を自分とタブらせて、我慢が利かないところまで、心も体も欲情してしまったんだ。よくぞ今日のパーティーを無事に乗りきったと自分でも感心するほど、昨夜は一人で――眠れぬ夜をすごした」

僕の頬を撫でるシェイクの手から、今までには感じたこともなかった、ピリピリとしたものが感じられた。

「笑っちゃうだろう？　みっともないだろう？　別に、性欲の処理のためだけなら私にはハーレムがある。皇帝という座を常にファサイル家の血統でどうにかしたいのか、十三のときには〝なるべく優秀な子孫を残せ〟と言われて与えられた、優秀な美女がいる」

僕は覆い被さるシェイクの上着を握りしめつつも、これ以上シェイクの感情を荒立てないように、しばらくは口を噤んだ。

全身で「お願いだからやめてよ」って訴えることはしたけど、今だけは込み上げてくるいろんな言葉も悲鳴も堪えた。

「それこそ、体をベッドに投げ出してさえいれば何もかもしてくれる女たちが。私の子供を産みたいがために、次期皇帝の正妻、もしくは生母になりたいがために、どんなことでもしてくれる。それさえ面倒なら、ナージが手でも口でも駆使して体だけは軽くしてくれる」

「えっ、ナージさん!?」

ただ、そうは思ってもサラリと出されたナージさんの名前には、敏感に反応してしまった。

「ナージさんってシェイクにそんなことする人なの!?」

綺麗なだけじゃなく、どうも独特な色気があるとか。

これは考えたら失礼だとかって無意識に判断していたから、極力避けてはいたけれど。

やっぱりＳＰ兼用のお付きの人って、しかもあそこまで綺麗な人が付いてるってことは、日中だけじゃなくて夜までお世話しちゃってたの!? っていう、下世話な好奇心だけが口からポンと出てしまった。

「ああ。別に驚くことじゃないだろう？　彼の家系は代々皇族に仕える側近の中でも、一番真面目で優秀で、馬鹿みたいに義理堅いんだ。だから、生まれたときから傍にいる。皇子である私が一言言えば、なんでもするよ」

ただ、そんなのはシェイクにとっては、そもそも当たり前のことらしく。僕のストレートな突っ込みに、少しばかりほくそ笑むことはあっても。これ以上腹を立てたり、苛立ったりということはしなかった。

「それこそ、菜月にもう一度逢いたいと漏らせば、日本からだって連れてくるし。英二のフリをして菜月を口説（くど）きたいからと言えば、クリーニングから戻ったスーツも持ってくる。それに、菜月を口説く時間がほしいから、やっぱりもう一晩引き止めたいと言えば。私の代わりに今夜は英二を、ハーレムにでも突っこんで、足止めもしてくれる」

「――――えっ、英二さんをシェイクのハーレムに突っ込むっ!!」

むしろ、シェイクのほうもこの機に乗じて、僕からの抵抗や緊張を和らげたいと思ったのか。今この瞬間当の英二さんが、どういうことになっているのかを意図的に口にした。

「そう。多分、今頃腰を抜かしているかもしれないね。なんせここにあるのは、テレビ用の架空のハーレムじゃない。選りすぐりの美女を集めた、本物のハーレムだ。どんなに彼が心の中では菜月に操を立てていても、体のほうは逆らいきれない。英二が男である限り、今夜の浮気は誰にも止められないんだ」

「なっ、なんてことしてるの!!」

もしかしたら、迷子になって戻らない僕を心配して捜して――――ってことだけは、絶対にないんだよって、言いきってきた。

「ちょっとした、昨夜の仕返しだよ。どうも英二は精力があり余っているみたいだし。一晩牢屋に閉じこめたりするよりは、よほど親切だろう?」

昨夜の英二さんの態度が、そうとう癇に障ったんだろう。

シェイクは僕に行動を起こすと同時に、英二さんに対してはこういう形で仕返しに走ったんだ。

「そんなの全然親切って言わないよ!!　だったら本当に牢屋に繋いでおいてもらったほうが、まだいいよ!!」

「それはだめ。英二の浮気は菜月にとっては免罪符だから。菜月がこのまま私のものになってしまっても、言い訳できるための既成事実だから」

これって場合によっては、僕のほうより英二さんの貞操のほうがよっぽど危ないんじゃん!!　って魅惑の罠を、英二さんに対して仕掛けたんだ。

「シェイクっ、そうじゃないよ!! 僕が言いたいのは、そういう意味じゃ――――んっ!!」

そりゃ、今さらハーレムに突っこまれたところで。あの英二さんがうろたえるとか、ビックリするなんてことはないだろう。

十人や二十人の女性に迫られたところで、わざとらしくはしゃぐぐらいの余裕は見せても、怖気づいたり腰を抜かすなんてことはありえない。

「愛してるよ、菜月。私にこんな想いをさせたのは、君が初めてだ。今からでもかまわないから、英二より私を愛して」

「やだっ!! 無理っ!!」

でも、相手が女性なだけに。僕はいざとなっても英二さんじゃ、「俺はシェイクじゃねぇ、あっちいけ!!」ぐらいしか言えない。よもや力ずくで女性をなぎ倒し、脱出を図ってくるなんてことは、到底できないよ!! って心配のほうが先立つと、シェイクには全力で抵抗し始めた。

「ならせめて、今夜だけでも私のものになって。私を英二だと思ってもかまわないから、このまま私に一夜限りの夢を見せて」

「むっ、無茶言わないでよっ!! 僕で勝手に夢なんか見ないで!! 第一、そんなんでいいってことは、シェイクには僕じゃなくて葉月でもいいってことじゃないか!!」

噤んでいた口も全開にして。

「葉月と菜月は違うよ!!」

「だったら英二さんとシェイクだって違うじゃん!!」

「菜月!!」

言葉だけなら僕だって負けないよ!! 伊達に英二さんと暮らしてるわけじゃないんだから!! ああ言えばこう言う訓練だけなら、毎日だってしてるんだから!! ってところを露にした。

「だって、だって僕にとって別人だもの。どんなに似てても、誰が間違っても。僕にとってはシェイクはシェイクで英二さんは英二さんだもの。僕のダーリンは英二さんであって、シェイクじゃないんだ、そう言ってるでしょ!! なのに、それでもいいからなんて。身代わりでもいいからなんて。一時の感情だけでこんなことするなんて、その程度の想いで僕を押し倒さないでよ!!」

「――――菜月」

何より、英二さんほどの情熱もなく。また感じさせることもなく。僕が簡単に堕ちるだなんて、思わないで!! ってことも、きつく言い放った。

「そりゃ、シェイクにはついて回る立場がある。生まれながらに背負っているものも大きい。それを誰より自分がわかっているから、そんな言葉が自然と出るんだと思う。シェイクの言ってる一晩でもいいからって想いが、遊びだからとか記念にとか、そういうことじゃないのは僕だってわかる。きっと、シェイクに許された時間が、ここしかないんだ。僕と過ごせる時間そのものも、こんなわがままなことをする時間も。多分、今晩しかないんだ。だから、今後の予定のためにここでけりをつけなければいけないとか、気持ちの切り替えとか、理由はいっぱいあるんだ」

そりゃ、これでもしもシェイクが。じゃあ菜月をこのまま束縛していいのか？　一生サラから出さない。私のハーレムに入れると言えばいいのか!?　なんて、言ってきたら。それでも「やだ」としか言いようがない。

僕は英二さんと結婚までしてるんだから!!　すでに扶養家族なんだから!!　と、押しのけるしかない。

「でもね、シェイク。そんなのシェイクの都合であって、僕にとっては関係ないよ!!　僕は誰かを英二さんの身代わりになんかできないし。それで他の誰かと一晩だけだからって、どうこうしていいなんて思ったことも一度もないよ!!　なのに、どうしてシェイクの都合だけで、気軽に押し倒されなきゃいけないの!?」

けど、それでもシェイクにはこんな形の納得や消化なんて、選択してほしくなかったし。実行してほしくなかったし。それは今後他の誰かに対しても、してほしい「恋の形」ではなかったから。

僕は「自分だって、シェイクのことなんか言えないぐらいに身勝手だ」って思いながらも、シェイクに「一方的な恋やセックスで満足するような男にだけはならないで」って言いきった。

「それって僕に対して滅茶苦茶失礼なんじゃないの!?　それで本当に好きだなんて言われたって、僕は納得できないよ!!」

もしかしたら、僕のほうこそシェイクが英二さんに似ているから、こんなふうに思っているのかもしれないのに。

「――――……菜月」

ううん、自分が自分の非道を認めたくなかっただけで。僕は最初からシェイクを、英二さんに似てる人。だから惹かれた人って、心のどこかではわかっていた。

英二さんに似てる人だから、苦しんだり哀しんだり、そういう顔はしてほしくないって思って。シェイクに対しては、決して誉められない気持ちで接し続けてきた。

それなのに、僕は自分のそんな気持ちを棚に上げ、シェイクには「どうか半端な恋で半端な行動はしないで」って、言いきってしまった。

「それに、これだけは言いきってもいいよ。英二さんは、シェイクの思いどおりになんかならない。どんなに美女が束になって誘惑したって、堕ちたりしないしその気になったりもしない。ここだけは、絶対に流されたりしない」

それどころか、少なくとも英二さんはそんなことしない。

たとえどんなに立場や環境が違ったとしても、また同じであったとしても。

英二さんなら今のシェイクと同じ選択は決してしない。だから僕は好きになったんだ。一生一緒にいるって決めたんだ!! って、図々しいぐらいに言い続けてしまった。

「だって、英二さんは僕のことが好きだから。僕だけのことが好きで、僕のためになら自分の都合も自分さえも、笑って捨ててしまう人だから。どんなに誰がどういう形で誘惑しようが、絶対に僕以外の人に惑わされたりしないんだ」

でも、今の僕にはこうすることしかできなかった。

自分がシェイクに対して、いい子ぶりすぎたとか。いい気になって、一方的な愛情を振りまいたとか。自覚はなくてもシェイクにこんなことを思わせるようなことや、起こさせるようなことを。言ったりやったりしてしまったのは、他の誰でもなく僕自身だったたってことを。今この瞬間には理解していたから。

「たとえ僕がうっかりシェイクに惑わされることがあったとしても、英二さんは絶対に、そういうことにはならない人だから。それだけ強い人だから」

うん、そうだ。そうとわかれば、見える事実がもう一つある。

英二さんが昨夜、あえて僕に対してカメラの位置を教えたり見られていた事実を教えたのは、僕に僕が誰のものなんだか、一度きっちり自覚をしろって言いたかったんだ。

シェイクに対してどうこうっていうより、きっと僕に対して「これで言ってなかったことを、わからせることができただろう」って、言いたかったんだ。「だからお前もこれからは、そういうつもりで言動しろ」って、言いたかったんだ。

「わかった。わかったよ、菜月。君の気持ちも、英二への信頼も。今の言葉で、よくわかった」

「シェイク…」

英二さんは僕がなんだかんだ言って、シェイクに「この人が僕のダーリンなの」って言いきってない事実を。「僕にはこんなに愛してる人がいるの」って事実を。素振りで見せてはいたにしても、はっきりとした言葉では示していなかったことを、ちゃんと見抜いていたんだ。

もしかしたら、じつはそのことに一番怒っていたんだ。

「けど、私は愛情だけで肉欲までコントロールできるなんて、思ってはいない。しょせん、男の体なんて快感には弱いものだ。どんなに愛を感じてなくても、相手がいいと言うなら。よほど好みが合わないなんてことがなければ、事務的にでもセックスはしてしまうものだと思っている。いや、思い知らされている。だから英二だって一緒だって——そう思っている」

シェイクは俺じゃないってわかっているのに、どうして俺に向ける愛情の一部を向こうに向けるんだ？　って。

どうして別人だとわかっていながらも、同じ姿を持った男に堂々と惹かれていくんだ!?　って。

それこそ、「英二さんに似てるから」っていうのは、言い訳であって。目新しい男に浮気心を誘われて、どうするんだお前はっ!!　って。

ただ、自覚のないままの僕では言ったところで、理解したり素直に納得するかどうかは怪しかったから。英二さんは、それを行動で示したんだ。

「そう考えれば、菜月だって男だからね。このまま体にだけなら、私は同意させられるという自信はあるよ。どれほど抵抗したところで、君が僕を嫌いじゃないことはわかっている。たとえ中身を嫌いになっても、この私の肉体だけは嫌うことも拒絶することもできない。だから、一晩もあれば肉体だけは言いなりにできる。私の思うようにできる。そう思っている」

だからそれに気づいた今となっては、僕にはシェイクに対して、こんな無下な言い方しかできなかったんだ。

たとえこの先どんなふうに思われても。一生嫌われ続けたとしても。

僕は僕が知らずに蒔いてしまった種を刈り取るには、シェイクの前では言葉にしていなかった「英二さんへの想い」を。シャイクには決して向けられることがないって「愛」を。伝えなければならなかったから。

「けど、それでもいいと思えるほど私の想いは軽くない。肉体だけが満たされればいいだなんて思うような恋は、菜月に対してした覚えもない。第一、それで満足できるぐらいなら、私は初めから菜月を好きになったりしない。もっと身近なところにある。これまでにあったものだけで、ちゃんと満足して、その満足が自分の恋だ、愛だと思っている――」

「シェイク…」

ただ、それでも結果的には。僕の正直な想いはシェイクの想いの強さを引き出すことしかできなくて。むしろ、シェイク自身にどうして僕に惹かれたのか。恋をしたのかという、確認までさせてしまった。

「だから、菜月。これから一緒に、私と英二の様子を見に行こう」

「え？」

「見に行って、もしも英二が菜月の言うとおり。私が仕掛けたハーレムの女たちの誘惑にまったく靡いていなかったら、私の負けだ。二度と菜月を困らせるようなことはしないし、言わないと約束する。この想いは、その場で思い出に変えると誓う。けど、もしも私の言うとおりの結果になっていたら。そのときはショックで泣き出してしまうだろう菜月を慰める役を、どうかこの私に与えてほしい。私を私として見たままで、今夜は私のものになってほしい。いや、一生私のものになると、約束してほしい。その代わりに、私は私の立場を捨てる――――。皇子という肩書きは、菜月を幸せにするには邪魔な肩書きだ。世継ぎを残せと無理強いされる肩書きなんか、ただの足枷だから」

それどころか、シェイクの想いを強めてしまったというか。

一夜の夢では終われない。これを夢だとは思わないってほどの決心までさせてしまうと。僕はシエイクに、個人の痴情のもつれの域なんか軽く飛び越えてるよ!! そんな、皇子さまを辞めるだなんて!! って、告白までさせてしまった。

「――――わかった。約束してもいいよ。ただし、逆強姦されてた場合はなしだからね。女の人が勝手に乗っかって何かしていた場合は、英二さんはただの被害者だからね」

何も知らずにハーレムに放りこまれただろう英二さんの行動一つに、僕やシェイクの運命どころか。サラという国やサラの人々の運命まで、賭けることになってしまった。

「いいよ。そういう条件で。どうせ、そこまでされた男なんて、流されてしまうものだから。勝手に腰を振ってしまう、雄という生き物だから」

「自分のときと一緒にしないでっ。英二さんは流されたりしないよ。どんなにシェイクのハーレムがすごくても。絶対に英二さんは流されたりしないもん」

こんなこと、きっと英二さんが知ったら烈火のごとく怒りまくるだろうけど。でも、僕は英二さんに限って、ハーレムごときでは流されたりしない。

絶対に他の人に気持ちもアソコも傾いたりしない!! って、信じてたから。

いや、信じたかったから。

「そうかな。いや、もしかしたら私たち二人のためには、そのほうがいいのかもしれないけどね。じゃ、こっちにきて」

「――――ん」

僕はシェイクに案内されると、英二さんが連れて行かれてたというシェイクのハーレムがあるお部屋に、ちょっとだけ足を震わせながら移動した。

8

僕はシェイクに案内されるまま室内にあった扉の一つを進むと、まずは隣の部屋へと行った。

すると、そこにも部屋と部屋を繋ぐ扉はいくつかあって。その一つを開くと、さらに隣の部屋へと進む。

『まるで迷路だ…』

いったいいくつの部屋が続いているんだろう？　これって日本のお城を思い出す。

襖（ふすま）を開くと部屋があって、また襖を開くと部屋があって。偉い人の寝所ほど、奥の奥にあったりして。

『渡り廊下？』

けど、しばらく歩き続けると。僕はお城のどこからか渡り廊下を進み、おそらく別棟に建っていると思われる館へと入った。

厳重な入り口には網膜チェック？　でしか入場することができないセキュリティシステムが作動していて…。

『こっ、この建物ってもしかして、日本で言うところの大奥なのかな!?』

宮殿内の、歴史と伝統がひしひしと感じるムードとは、何かが違う。

どこからともなく甘い匂い（お香かな？）が漂い、灯された明かりもほのかで全体的に薄暗く。なんか、どこから薄絹一枚のお姉さんが出て着ても不思議がないぐらいに、妖しい。

「シェイク…ここは」

それこそ、もしもここに遊びで連れてこられてと言うなら、間違いなく英二さんなら大はしゃぎしてしまいそうなぐらい。この館の奥では千夜一夜の物語でも、繰り広げられていそうだ。

「シッ。黙って。ここは本来限られた人間以外は入れないことになっている。特に今は忍びこんでいるんだから、ね」

と思ったら、やっぱりここはサラ国の大奥だった。

「そっ、それって他の男の人が入れないように？　シェイクのハーレムが荒らされないように？まさか、ここに入れる男の人はアソコが付いてない人だけとか、そういうの？」

「やだな。いつの時代の話をしているんだよ。別にここには大昔の中国皇家みたいなことはないよ。ただ以前、私の子供を産みたいという女性が勝手に入りこんできて、ベッドで当直の女たちとブッキングしてしまってね。それで女たちの中で、大騒ぎになったんだ。だから、そういうことが二度とないようにって、出入りが厳重になって。だからここのセキュリティの対象は、男じゃなくて女の出入りに対してってとこかな」

ただし、日本にあったものとはかなり違うみたいだけど。

「おっ、女の人が寝間に忍びこんでくるって…、すごいね」

「まあね。だから言っただろう、ベッドに転がってさえいればって。あ…こっちだよ。寝間の隣の部屋になるんだけど、ここからモニターで中の様子がわかるんだ」

なんて考えているうちに、僕は目的の場所にたどり着いてしまった。

「ナージにすべて言いつけてあるから、彼もいるけど…って、あれ？　誰もいない？」

英二さんが放りこまれたという部屋どころか、この建物のいたるところの様子が見られる部屋に。

テレビが三十台ぐらい並んだ、モニタールームに。

「ナージ、ナージ？　どこに行ったんだ？」

そこに、シェイクがいるはずだと思っていたナージさんの姿はなかったけれど。モニター画面のうちの四つには、しっかりと薄絹だけを纏った女性たちが映る――――そんな一室に僕は通された。

「まぁいいか。英二が隣にいるのだけは、たしかなようだから」

そしてシェイクは、テレビ画面の前に置かれた椅子の一つを僕に勧めると、

「じゃあ、隣の部屋だけ音を出すから、覚悟して」

自分は隣の部屋の様子が映されているモニターだけを選んで、ボリュームの設定を弄ると、消されていた音を出した。

『英二さん…』

僕の全身に、言い知れぬ緊張が走る。

これでいきなり英二さんのうめき声（あえて喘ぎ声とは思いたくない）でも聞こえようものなら、

たしかに僕は泣き出しそうだ。

〝さようですか――――では、今宵は別の寝間にて〟

〝ああ、そうしてくれ。どうやら皇子はお疲れのようだ。すまないけど〟

〝かしこまりました〟

〝それではお休みなさいませ、ナージさま〟

でも、ボリュームを上げたと同時に聞こえてきたのは、そこに映る何人かの女性の声と、なぜかナージさんの声だった。

「ナージ!?」

シェイクは驚いたように、モニター画面を次々とアップにした。

女性たちを部屋から出したナージさんの横顔に、シェイクが戸惑いの声をあげる。

「英二さん!!」

ただ他の画面には、女性たちがその場を去ったことで死角になっていた英二さんが現れたんだけど。その姿にカフィーアはないし、衣類ははだけられてるし、滅茶苦茶妖しいことになっていた。

それでもすっ裸にされていた!! とかってことじゃなかったし。すでにし終わったあと――――って感じではなかったから、僕は安堵の声をあげた。

「よかったー。何もされてない」

こんなの僕がする心配じゃないよ!! 逆じゃんよ!! って感じだけど。それでもベッドの上で胡(あ)

った。

坐をかいてふて腐れている英二さんの顔を見たら、溜め息をつくとともに、胸を撫で下ろしてしまった。

「ナージさん、ありがとう」

思わず心底から、女性を追っ払ってくれたナージさんに感謝の言葉を口にしてしまった。

「なっ、どういうつもりなんだ？　あいつは」

シェイクは画面に映るナージさんに、私の命令に背くのか？　って顔をした。

「自分から今夜は、英二に皇子の代わりをさせればいいって言い出したくせに。私が菜月を口説けたらいいのにと言ったときに、だったら英二にも同時に浮気をさせましょうかって笑ったのは、あいつなのに。なんでここで英二を助けるんだ!?」

シェイクの計画に賛成したというか、協力を申し出たのはナージさんなのに。それを自分が見てないと思って、陰では裏切るのか!?　って怒気を露にした。

〝――――礼は言わねぇぞ、ナージ〟

そして、そういう怒りの種類ではないにせよ。シェイクと同じように激しい怒気を漲らせると、英二さんは鋭い眼差しでナージさんを睨みつけた。

〝はい。もちろんです。なかなか素敵な抵抗ぶりを拝見しましたから、むしろ楽しませていただきありがとうございましたと、お礼を言うのは私のほうです。ただし、あの女たちはさぞ自尊心を傷つけられて、今後しばらくは寝間には寄りつけないかもしれませんが〟

けど、そんな英二さんにナージさんは、クスクスと笑ってみせた。

〝あたりめぇだ。あの程度の女に盛るほど、俺は不自由してねぇよ!!〟

おかしい。

英二さんの気性なら、どんなに腹が立っても女性に手を上げることはないだろうけど。男のナージさん相手なら、胸倉を掴んでまずは一発――ぐらいはするはずなのに。

〝そうでした。そういえば、あなたにはなんでもしてくださる、可愛らしい菜月さまがいらっしゃいましたね。ということは、女性を仕向けても無駄だった。向けるなら男のほうだった――ということでしたね〟

英二さんはベッドの上に座ったまま微動だにしない。

それどころか、ナージさんがベッドに近づいても、手も上げない。

『まさか、なんか変なものでも飲まされたとかなの!?』

僕はホッとしたのもつかの間、またドキドキとしながらも画面に目をこらしていた。

〝ならば、私が一夜のお相手をいたしましょう〟

けど、そんな僕の目の前で。画面の中で。ナージさんは信じられないことを口にすると、長い金糸を軽くかきあげた手で胸元を探った。

「ナージ?」

「えっ、ええ!?」

きちんと締められていたネクタイを自ら緩め、一気に引き抜くとそのまま足元へと落とした。

〝なっ、お前っ〟

スーツの上着を脱ぎ、シャツを脱ぎ。

ナージさんは次々と身につけていた衣類を脱ぐと、それらをすべて自分の足元へと落としていった。

「ちょっ、ちょっと待ってよ!!」

全裸になってベッドに上がるナージさんの姿に、僕は思わず悲鳴をあげた。

〝いいえ、一夜に限らずあなたが望めば、私は毎夜でもあなたを愉悦へと導きましょう〟

「冗談じゃないよ!! こんなのなしだよ!! 英二さん、変だよ。動けなくなってるよ!! しかも迫ってる相手がナージさんって…全然話が違うじゃん!!」

シェイクに向かって叫んでいる間に、妖しいぐらいに綺麗なナージさんの肢体が英二さんに絡みつき。僕はどうしたら隣の部屋に飛びこめるのか、止められるのかと思い、必死にモニター室の中を見わたした。

「扉っ!! 扉は!? 隣に続く扉はないの、シェイク!!」

「————」

「答えてシェイク!!」

でも、そうこうしている間にも、ナージさんは英二さんに手を伸ばした。

〝放せ。相手が違うだろう！〟

英二さんはひどく重たげな腕で、ナージさんを押しのける。

「あ、もうっ!!」

動きがおかしい。どう考えてもおかしい。

〝いいえ、私の相手はあなたです。あなたこそが、私が愛し続けた人なのです〟

〝ナージっ!!〟

体に力が入らないのか、英二さんはナージさんを押しのけられないまま抱きすくめられると、ベッドに押し倒されて口づけられた。

重なり合う肢体を覆い隠すように、金糸の波が揺れた。

「英二さん!!」

もうこうなったらいったん廊下に出てから怒鳴りまくってやる!!

僕は身を翻すと、部屋の入り口へと走った。

﹇ふざけるな!!﹈

ただ、僕が扉のノブに手を向けた瞬間、シェイクはたまりかねたように一声をあげると、手元にあった椅子を掴み、画面へと投げつけた。

「ひっ!?」

全身が硬直するような驚きに、僕は思わず扉にすがりつく。

画面からは音声がピタリと止まった。

｛何が、私の相手はあなたですだ。あなたこそが、私が愛し続けた人なのですだ。ナージ、お前は私に一生を捧げると誓ったはずじゃなかったのか？　お前にとっては生まれたときから、私だけがすべてじゃなかったのか!?｝

どうやら今のショックで壊れてしまったらしいが、無事な画面に映る二人に、シェイクは何かを訴えていた。

｛それを、それを他のやつならいざ知らず。英二にっていうのは、どういうことなんだ!?　よりにもよって、私と同じ姿を持つ男に心を奪われるとは。私にさえ与えなかった肉体のすべてを与えるとは。いったい、どういうことなんだっ!!｝

僕にはまるでわからない、砂漠の国の言葉。

けど、ところどころに出てくる〝ナージ〟という名前だけは僕にも聞き取ることができたし、理解することができた。

｛ナージ…。お前は英二が欲しいから、私に菜月のことを許したのか？　菜月に惹かれていく私に笑顔さえ浮かべて…。菜月を欲しがる私を止めもしないで。でもそれは、私への忠義からではなく、全部英二への想いのためだったのか!!｝

そしてその名前の主に対して、シェイクが内に秘めたままで決して表には出していなかったのだろう一つの想いも、なんとなくだけど想像ができた。

「…シェイク」

僕の想像が間違っていないのなら、「肉体だけが満たされればいいだなんて思うような恋は、菜月に対してした覚えもない。それで満足できるぐらいなら、私は初めから菜月を好きになったりしない。もっと身近なところにある。これまでにあったものだけで、ちゃんと満足して、その満足が自分の恋だ、愛だと思っている――――」って言葉の中に含まれていたのは、ハーレムの女性たちへの想いではなかったんだ。

生まれたときから傍にいる、ナージさんへの想い。

しかも仕事として傍にいすぎたから、二人の間に存在してきた絆や感情に対して、特別だとは思えない。

大切は大切だし、絶対は絶対かもしれないけれど。でも、これが恋だとは思えない。ましてや愛ではないだろう。そんなふうに感じ続けていた、ナージさんへの想いだ。

{っ、くそっ!!}

シェイクはきつく唇を噛みしめると、目の前の機器を両手で叩き、そこで弾みをつけて扉のほうへと走った。

僕はそんなシェイクに圧倒されたまま扉に寄りかかっている。

「――って、あ!!」

けど、シェイクの背後に見えた画面の中で。二人が重なり合うところに何者かが侵入し、短剣を振りかざしたのはそのときだった。

「危ない、英二さん!!　ナージさん!!」

侵入者は一人、二人？

画面に映る範囲だけでは、相手が何人いるのかさえもわからい。けれど、何人かの男がいっせいに二人を襲ったのはたしかで。

「英二さん!!」

「ナージ!!」

僕とシェイクは衝動のままに部屋を飛び出し、隣の寝室へと駆けこもうとした。

「なっ!?」

「真っ暗!!」

けれど、これも忍びこんだ暴漢の仕業なのだろうか？

先ほどまでほのかには明るかった廊下は真っ暗にされていて、僕とシェイクは否応なしに足を止めた。

｛捕らえろ!!　そいつらはすべて暗殺犯だ!!　シェイク皇子のお命を狙った者たちだ!!　一人も逃がすな!!｝

｛ちっ!!　嵌めやがったな、ナージのやつっ!!　あの男、替え玉のほうじゃないかっ!!　日本に帰したんじゃなかったのか!!｝

｛だったら今のうちに皇子を仕留めろ!!　側近のすべてがここにいる。逆をいえば皇子は一人のはずだ!!｝
｛うっ!!｝
それどころか、英二さんたちが襲われただろう部屋からは、さらに増えただろう人の気配や声がした。
銃弾の音さえ、何度か響いた。
｛――――くそぉっ!!｝
｛逃がすな!!　誰一人逃がすなっ!!｝
｛うわっ!!｝
中ではものすごい乱闘になっていることが、音と気配だけでわかる。
「英二さん!!」
何がどうしてこんなことになっているのか、飛び交う異国の言葉の中ではまるで事情がつかめない。
「だめだ!!　菜月、今は動くな!!」
｛その声は皇子っ!!｝
そうかと思えば突然寝室の扉が開き、僕は室内から漏れた明かりに一瞬目を伏せた。
｛ちくしょう!!　こいつっ!!｝

「ひっ!!」

けど、そんな一瞬のうちに、僕はいきなり目の前に飛び出してきた一人の男の腕に乱暴に抱きこまれると、こめかみに引き金の引かれた銃口を突きつけられた。

〔動くな!!　全員その場を動くな!!　こいつがどうなってもかまわないのか!!〕

全開になった扉の明かりで、その場にいる人々のすべてが視界に飛びこんできた。

「菜月っ!!」

寝室の奥のベッドの上には、どうやら無事らしい英二さんがいる。

〔菜月っ!!〕

捕まった僕のすぐ傍には、驚愕するシェイクがいる。

〔菜月さまっ!!〕

そして、そんなシェイクの前の扉の傍には金糸を乱したナージさんがいて。寝室の中には四人のサラ人らしい侵入者と、四人を捕らえたシェイクの側近さんたちがいる。

〔シェイクさまっ!!〕

騒ぎを聞きつけ、ハーレムの女性たちが武器を持って廊下に集まる。

まるで、一秒が一分十分に感じられるほど、僕の目には映るものすべてが、スローモーションのようにはっきりと見えた。

〔俺たちにかまうな!!　殺れ!!〕

けど、捕らえられた男のうちの一人が叫ぶと。僕に向けられていた銃口は迷うことなくシェイクへと向けられた。

〔シェイクさま!!〕

ドン!!　と耳元で唸りをあげると同時に、シェイクを突き飛ばすようにして庇ったナージさんの金糸が、その場で空（くう）を舞う。

『どこを撃たれたんだろう!?　肩？　背中？』

背を覆うほど長い金糸が、それさえわからなくしている。

〔ナージ!!〕

崩れ落ちていくナージさんの姿に、悲痛なシェイクの声が響く。

「ナージさんっ!!」

僕は、込み上げる悲憤に絶叫をあげた。

〔ちっ!!〕

でも、シェイクを仕損じた男は。舌打ちをすると再び銃口を僕に向け、動けば「こいつの命はない」というような決まり台詞を吐き捨てると、僕を連れてその場から全力で廊下を走り出した。

「いやっ!!」

どうすることもできずに、僕は悲鳴をあげながらも長い廊下を引きずられる。

「野郎っ!!」

怒声を放った英二さんの声が、建物中に響きわたり。僕はその声にすがるように叫ぶと、必死に抵抗しながらも英二さんに助けを求めた。

「たっ、助けてぇ。助けて、英二さんっ!! いやーっ!!」

「菜月っ!!」

英二さんは鈍くなった体を無理やりベッドから下ろすと、宮殿の人々を押しのけながらも僕らを追いかけてくる。

「テメェ!! 菜月を返せ!!」

「英二さんっ!!」

{黙れ!! 早くこいっ!!}

けど、そんな英二さんや他の人たちに対し、男は僕を引きずりながらも周囲への盾にすると。そのまま走り続けて侵入経路を逆走しながらも、階段を下りて建物の外へ。馬場があった裏庭へと飛び出した。

{————どうしたんだ!?}

{失敗だ!! サダムたちは掴まった!! 逃げきれなかったらおしまいだぞ。このまま走って国境を超えろ!!}

男は待たせてあった仲間のジープに無理やり僕を乗せて自らも乗りこむと、砂埃を巻き上げながらも月明かりだけが支配する夜の世界へと車を走らせた。

「いやだっ!!　降ろして!!　降ろして!!」

宮殿を照らす篝火だけが、唯一の希望のように思えた。

僕らを追いかけてくる人たちの姿が、英二さんの姿がまだ見える。

{その外国人のガキはなんなんだ!?}

{わからねぇ!!　目の前にいたから人質に攫ってきたまでだ。足手まといだが、逃げきるまでは仕方がないだろう!!}

「英二さんっ!!　英二さんっ!!」

けれど、それは車が走ると同時に、どんどん遠くなって。

僕は英二さんからも葉月や直先輩がいる宮殿からも確実に引き離されていくのがわかると、英二さんの名前を叫ぶこと以外何もできなくなっていた。

{まぁいい。その面ならどこででも売れる。逃亡資金にはなるからな――}

「英二さんっ!!」

右も左もほとんどわからない街の中を暴走するジープが、僕の叫び声さえかき消していき。そうしている間にも、車はさほど大きいわけではないファサイルの街を抜けて、砂漠の中を逃走した。

「英二さんっ!!」

僕は止まることを知らない恐怖と絶望感に苛まれると、衝動的に車から身を乗り出して、そのまま車から飛び降りようとした。

{おっと、お前は俺たちにとって命綱なんだよ!!}

けど、それさえ僕は僕を攫った男に阻まれて。僕はジープのバックシートに力ずくで組み伏せられた。

「いやーっっっ!!　英二さんっっっ!!」

「菜月ーっ!!」

すると、喉もかれんばかりに叫んだ英二さんの声が聞こえた。

「英二さんっ!!」

{なっ、皇子!!　いや、替え玉のほうか!?}

月夜にひらめいては浮かび上がる、真っ白なカンドゥーラ。

「走れ、馬っ!!　追いつけなかったら馬肉にしちまうからな!!」

英二さんは力強いアラブ馬の手綱を片手に無茶なことを叫びながらもムチをふるうと、鬼神さながらの形相(ぎょうそう)でジープを追いかけ、追いついてきた。

「英二さんっ!!」

日中の暑さとは打って変わって、冷たい夜を見せる砂漠の世界。

流れる雲に唯一の明かりである月さえ覆い隠されると、砂の海は完全に闇に閉ざされる。

「菜月っ!!」

と、そんな闇の中でさえ。僕には不思議と英二さんの姿が見えた。

英二さんが発する熱砂よりも熱いだろう真っ赤なオーラが、僕だけには英二さんの存在を知らしめ、極度な不安と緊張を和らげた。
{まずい!! 軍のヘリだ!!}
空には宮殿から飛んできただろうヘリが追いつき、サーチライトで車を照らした。
{国境は!? 国境はまだ越えられないのか!?}
英二さんの背後からは同じく、何台ものジープが追いかけてきてはしだいに近づいてくる。
{無理だ!! 回りこまれるっ!!}
そして、ぎりぎりの低空飛行で車に近づいてきたヘリの開かれた扉からは、手すりに掴まりながらも身を乗り出した、シェイクが姿を現した。
{だめだ!! 逃げきれないっ!!}
ハンドルを握っていた男が叫ぶと、僕を押さえていた男が再び僕に銃を向けようとする。
「させるかっ!!」
一気に馬を走らせ車と並ぶと、英二さんは銃を持った男めがけて、飛び移ってきた。
「菜月っ!!」
と同時、わずか数メートルのところまで近づいていたヘリからは、運転席めがけてシェイクが飛びこんで――――。
「この野郎っ!!」

〔うわぁっ!!〕

ジープの座席では前と後ろで乱闘になると、車はハンドルを取られて砂を巻き上げ、大スピンをした。

〔うわぁっっっっ〕

「きぁっっっっっ!!」

「菜月っ!!」

遠心力に負けて車から放り出されそうになった僕を、英二さんが抱き止める。

〔――――くっ!!〕

シェイクは男を押しのけハンドルを握ると、そのあとは急ブレーキをかけてどうにか横転だけはしないうちに車を止めた。

〔皇子!!〕

〔菜月さまっ!!〕

〔早乙女さま!!〕

暴走し続けたジープが止まった瞬間、周囲に数十台のジープが囲み。何十人もの兵士さんたちや、ハーレムの女性兵士さんたちまでもがグルリと囲み。そのうえサーチライトを照らし続けるヘリも頭上に飛び続けると、さすがに二人の男たちもこれ以上の抵抗はできないと観念したのか、肩を落とすと兵士たちに取り押さえられた。

「菜月…っ」

英二さんはそのまま僕を抱きしめると、言葉もないままホッと溜め息をつく。

「英二さん…っ、英二さぁんっっ!!」

僕はそんな英二さんに抱きつくと、はだけられたカンドゥーラから覗く胸に顔をうずめ。直に英二さんの肌や熱すぎる体温を感じると全身全霊で安堵を覚え。あとはただただ声をしゃくりあげて、泣き伏してしまった。

「怖かったよーっっっ!!」

僕らが無事に宮殿へと戻ると、応接間に待機させられていたらしい葉月と直先輩は、血相を変えて走り寄ってきた。

「菜っちゃん!! 菜っちゃん!!」

「葉月ぃっっ!!」

「英二さん、怪我は!?」

「大丈夫だ。ちょっとかすり傷を負った程度だ。最初はクスリをかがされて、グラグラしてたんだが。派手な追っかけっこのおかげで、すっかり体の痺(しび)れも消えた。むしろ心配しなきゃいけねぇのは、俺がこき使いすぎてぶっ倒れた馬だな」

僕らの無事な姿に、二人はどうにかホッとする。

「葉月…」

ただ、これまでに怖い怖いと思う体験は何度となくしてきたけど。こんなに無茶苦茶でわけのわからない絶望感を感じたのは初めてだったから。僕は葉月に抱きしめられると一度は止まった震えが見る間に復活しちゃって——しばらくは葉月の名前しか、繰り返すことができなかった。

「菜っちゃん…」

けど、そんな僕をいったん離して英二さんに預けると、葉月は一緒に戻ったシェイクに向かって、怒りも露に声をあげた。

「どういうことなんだよ、これは。なんで菜っちゃんや早乙女が、こんな目に遭わなきゃならないんだよ!!」

「申し訳ない。こんな惨事に巻きこんでしまって。英二が暗殺犯に私と間違えられたばかりに…、本当にすまない」

シェイクはその場に膝を折ると、今度は誰の引き止めもないまま、葉月や僕らに向かって頭を下げた。

「すまないじゃないよ!! 謝ってすむなら警察なんかどこの国にだって必要ないよ!! 第一、僕が聞いてるのは、早乙女がお前に間違われて暗殺されかかったなんてことじゃない。どうしてパーティーのあとには帰国するはずだった二人が、僕らと引き離されてそんな場所に。暗殺者が忍びこんでくるようなお前のハーレムにいたかってことだよ!!」

葉月は容赦なくシェイクに事の真相を追及した。

ここまで事が大きくなると、そもそも僕や英二さんが、シェイクの個人的な感情が原因で別棟にいたなんて、思いもよらなかったんだろう。

「――――それは…」

「まさか、まさかシェイク。早乙女をお前の身代わりに、囮にしたんじゃないだろうな?」

葉月は突拍子もないことをシェイクに向かって言い放った。

「葉月!!」

「偶然間違われたわけじゃなく、故意に替え玉にしたんじゃ、ないだろうな」

「葉月、なんてことっ!!」

「菜っちゃんは黙ってて!!」

それも、どうしたの!? って聞きたくなるぐらい顔つきを変えて、怖いぐらいに冷ややかな目をして、僕にもここで起こりうる「一つの仮説」を説明してきた。

「僕だって、こんなことは言いたくないけどさ、菜っちゃん。でも、どこの国の王家にだって、トップに立つ者の一族にだって、それに従えずに命を狙うようなやからはいくらだっているんだよ。政治的な思想のため、地位や欲望のため、理由はとってつけたようなものから同情を誘うようなものまで、千差万別だろうけど。でも、人の上に立つってことは、否応なしにそういうことがあっても不思議はないんだ。だからこいつにだって生まれたときから専属のSPがいるし、付き人もいる。ハーレムの女たちさえ、何かが起これば即座に武器を持って戦える。皇子の命を守れる女がそろっている。けど、それがどういうことを意味しているのか。本当の理由をわかっているから。早乙女だってここにきてから、まともに食事なんかしてないじゃないか!! 僕と直先輩が確かめてから取り分けたものや。絶対に毒なんか混入されていないだろう未開封のアルコールや。誰かが口にしても何事もない。そういうものしか口にしてないじゃないか!!」

しかも、それには葉月の一方的な仮説とは言いがたい裏づけというか、事実があって。

「え？　ええ!?　そうだったの、英二さん!!」

「あ、いや。まぁ…な」

「英二さん…」

英二さんは僕が問いかけると苦笑を浮かべ、葉月が言ってることに同意を示した。

「早乙女はさ、普段は馬鹿ばっかやってるけど、実際は馬鹿じゃない。しかも、人並み以上に警戒心も用心深さも持ってるから、前触れもなくこんなところまで連れてこられて。しかも鏡を見るほど似ている一国の皇子と対面させられて。そのうえ、どこからどんなやつが紛れこんでくるかわからないようなお祭り騒ぎに一日付き合えと言われたら、そりゃ笑って〝ありがとう〟とは言わないよ。この機に乗じて、何かに利用されるのか？　意図的にここに連れてこられたのか？　ぐらいは疑うよ。だって、それほど二人は似てるんだからさ!!」

「葉月…」

シェイクは思いがけないことを言われ続けて、困惑している。

僕にはこの表情に、嘘偽りがあるとは思えない。

シェイクが葉月が言うようなことを考えて、英二さんや僕らをサラへに迎えたとは思えない。

「だから僕は聞いてるんだ。まさか企んだんじゃないだろうな？　って。もともと皇子の誕生日に。街にも城にも人がごった返すこの日に。皇子の暗殺計画が持ち上がっていることを知っていて。それで今夜までわざわざ引き止めて。一番狙われそうな寝間に早乙女を皇子の代わりに突っこんで。こういうことになったんじゃないだろうなって、聞いてるんだ!!」

「葉月!! それは誤解だ!! 私はそんなことは――――」

「お前が知らなくたって、他の誰かが計画立てて実行できるよ!!」

「っ!!」

「いや、むしろ本人が知らないぐらいのほうが、敵を欺くにも都合がいいし。敵を欺くにはまず味方からって、こういうときのための言葉だしね!!」

「葉月…」

「シェイク、周りを見てごらんよ。特に、お前の一番の側近と呼べるやつらの顔を。その顔を見れば、僕の言ってることがあたらずとも遠からずだってことはわかるから」

ただ、否定し続けたシェイクになんの意図もなくっても。そうじゃない人たちはいたようで。

「なっ!! まさかお前たち!!」

シェイクは葉月の視線の先で目を逸らした、何人かの男たちの顔をとっさに振り返って確かめると。その顔つきから何かを悟ったように、呆然とした。

「――――そうなのか? まさか、葉月の言うようなことを、お前たちが企んだのか!?」

問いただしても答えは返ってこない。

「これは、お前たちが企んだことなのか!?」

けれど、返ってこない答こそが、シェイクには事実を教えていたようで。

シェイクは、どこからどこまでが意図的だったことなのかは、現状ではわからないにせよ。少なくとも自分が僕に対して告白したいがために整えたはずの手筈が、どこかで英二さんを暗殺者たちへの囮にする手筈へとすり替えられていた事実に、愕然としてしまった。

「別に、異国の小市民一人が犠牲になったところでかまわないじゃないか。そんなものは金でうやむやにしてやる。もみ消してやるって顔のやつもいるねぇ」

そんなシェイクに対して、何一つ言葉を返さない側近たちに、葉月が柳眉をつり上げ言葉を吐き続ける。

「けどね、残念でした。そんなの今この瞬間から、一バーレルだって動かないようにしてやるよ!! 石油王国だか成金王国だか知らないけど。そんなものは外国に売って、初めて金になるんであって。自国で使うだけじゃ、大した金にならないんだから!! コロンブスが生まれる前から世界の流通を動かしてる英国コールマン家を、その次期当主を、お前らなめんなよ!!」

しかも、それをこんなところで言ってなんになるのさ!? ってことまで言って。葉月はお付きの人々に、まるで喧嘩を売るような啖呵(たんか)を切った。

「葉月!!」

「なっ、英国のコールマン家だって!?」

{コールマン!?}

でも、なぜかそんな葉月の言葉に、シェイクやお付きの人たちはざわめいて…。

「そうだよ。シェイクが油田の国サラの次期皇帝だというなら、英国コールマン家の二十六代目当主は、入り婿予定の早乙女英二なんだよ!!」

「なっ、入り婿!?」

英二さんは突然名指しで話を振られて、驚いた声をあげた。

「はっ!? なんでいきなりそういうことになんだよ、葉月っ!!」

僕もビックリして問いかけた。

「いいじゃん、お兄様。コールマンの現当主の孫である菜っちゃんの旦那は、お兄さまなんだしぃ。ジジイが今後の税金さえちゃんと払ってくれれば、全財産孫婿にくれてやるって言ってるんだから、貰っておけばさ〜。そしたら世界の販売シェアの何割かは、自由に操作できるんだよ。それこそお兄さまの一言で、この国の石油は一バーレルだって外へは売れなくさせることだってできるんだ。ひどい目に遭った恨みは、きっちりと経済制裁って形で、はらせるんだからさ!!」

僕らの問いに答えた葉月の顔が、さらに凶悪さを増す。

「葉月!!」

僕と同じ顔のはずなのに。僕とは似ても似つかないオーラを放って、シェイクの顔をこわばらせる。

{皇子、お気になさることありません。どうせ子供のはったりですよ}

｛そうですとも、皇子｝
　その場にいた男たちは、噤んでいた口を開くとシェイクに何か声をかけていた。
｛いや。葉月の言葉ははったりなんかじゃないよ。私はコールマン氏から英二に贈られていた、ホテルのロビーを埋め尽くさんばかりの祝いの花をこの目で見ているんだ。あのときは同姓同名だろうと思い、気にはしていなかったが。今思えば、ああだからあんな量が――と、そう思えるたしかな証をな｝
｛なんですって!!｝
　答えるシェイクに顔を引きつらせる。
｛しかし、コールマン家のことなど、ナージは一言も!!｝
｛なんだと、ナージだと!?｝
　そこにナージさんの名前が出ると、シェイクは本当に絶望的な顔をした。
「――ナージ…、ナージね。ふーん。やっぱりわざと企てやがったな!!　お前ら、菜っちゃんの親切を仇で返すような真似しやがって。それどころかこんな目に遭わせやがって。覚悟はいいだろうな!!」
「葉月っ!!」
　その顔色の変化とナージさんの名前で確信を掴んだんだろう。
　葉月は今夜の事件が最初から企てられていた。決して偶然起こったことではないと知ると、サラという国に対して、ジジイの権力で経済制裁をすると言い放った。

「お待ちください、葉月さま!!」

すると、部屋の奥から葉月に対して、懇願するような声が響いた。

「どうか、どうかお待ちください」

それは仲間に体を支えられながらも、手負いとなったナージさんで。すっかりと血の気を失った顔で姿を現すと、シェイクの傍まで寄って身を崩した。

「申し訳ございません。今回の責任はすべてこの私、ナージにございます。シェイクさまは何も知りません。純粋に菜月さまに出会えたことを喜び、そして再会を望んだだけでございます」

ぺたりとしゃがみこむと、着こまれたカンドゥーラの懐から一本の剣を出す。

けど、そんなナージさんのカンドゥーラの脇腹のあたりには、見る見るうちに血が滲んで。さっきシェイクを庇って撃たれただろうところに、応急処置程度の治療しかされてないことが傍目からでもわかった。

「にもかかわらず…、そんなシェイクさまの想いを利用したのは、この私。以前より、シェイクさまの暗殺を企むやからを一網打尽にしたいがために、早乙女さまを囮にと考えたのもこの私。他の者たちも、私に命ぜられるまま動いただけで…、今宵の惨事のすべての責めは、私だけにあるのです。ですから、ですからこの一命をもってお詫びいたしますので、どうかサラへの制裁だけはお許しを――――!!」

しかも、そんな体で構えた剣を鞘から抜くと、ナージさんは刃先を自らに向けて、その場で自害を図った。

「ナージさん!!」

「ナージ!!」

僕は、その姿を目の当たりにした瞬間、襲われたときに全身で英二さんを庇ったナージさんの姿を思い起こした。

ためらいもせずにシェイクの前に飛び出し、銃弾に撃たれたナージさんを思い起こした。

『この人、初めから死ぬつもりだ!!』

直感としかいいようがないんだけど、どうしてかそんなことが頭に過った。

『シェイクの命を守るために。命を狙う者たちを、どうにか捕らえるために。この人…、最初から自分が死ぬ覚悟で、英二さんを替え玉に仕立てたんだ』

あのときの言葉は、シェイクに向けられた言葉だ。

〝いいえ、私の相手はあなたです。あなたこそが、私が愛し続けた人なのです〟

英二さんにシェイクの面影を見たからこそ、口にできた想いだ。

ただ、あまりに忠義に生きた年月が長すぎて。職務に没頭してきた月日が長すぎて。シェイクには告げられなくなっていた想いを、英二さんに対して向けたんだと思えた。

「やめい!!　見苦しいぞ、ナージ!!」

シェイクはナージさんの腕を掴むと、力ずくで剣を奪い取った。

「シェイクさま――――っ!!」

ナージさんは最後の力を振り絞るように剣を奪い返そうとしたけど、それは傷ついた肉体が許してくれなかった。

「今さら何を口にしている。ここまでの事態を引き起こし、お前ごときの一命で許しを請えると思っているのか？」

「――――…っ」

僕は血の気さえ失われようとしているナージさんの顔を見つめると、やっぱり僕の勘は間違っていない。絶対に最初からこの人、いずれの形にせよ自分の命を引き換えることを決めて、この囮作戦のようなことを企てたんだって、思えた。

「お前のどこに、それほどの立場があるんだ」

シェイクは気づいているんだろうか？

真っ直ぐに見つめると、モニター画面を見つめていたときよりさらに厳しく、そして哀しい眼差しを向けると、吐き捨てるように言い放った。

「自惚れるな、ナージ!!」

「――――っ!!」

シェイクの姿を映すナージさんの瞳は、後悔しきれない想いでいっぱいになっていた。

今にも頬に、零れ落ちそうだった。

僕にはシェイクが、ナージさんの真意に気づいているのかいないのか、判断できずに戸惑うばかりだった。

「仕える者の失態は主の責めだ。許しを請わなければならないのは私だ」

ただ、詰るようにきつく言い放ったあとに、シェイクは取り上げた剣をギュッと掴んだ。

「罪を償うのは、私でいい」

そして静かに一言付け加えると、シェイクはナージさんから顔を逸らし、葉月や英二さんのほうを見て。剣を改めて構えると、今度はシェイクのほうが自らに剣を向ける。

「シェイクさまっ!!」

「だめ、シェイクっ!!」

「馬鹿野郎っ!!」

僕と英二さんの声があがったのは、ほぼ同時だった。

「いいかげんにしろ!! 誰が死んで詫びろと言ったんだ、テメェら昔の侍か!! こんなところで自決されてみろ、俺たちが胸糞悪りぃだろうが!! 毎晩夢に見ちまうだろうがよ!!」

叫び声とともに、英二さんはシェイクの剣を奪い取って、人気のないほうへと投げつけた。

「英二…」

「そうだよ、やめてよシェイク!! 葉月もお願いだから物騒なこと言わないで」

僕は二人の前にしゃがみこむと、庇うように葉月に対して一声をあげた。

「菜っちゃん」

「菜月…」

それで気の利いた言葉が出るのか？

この場を上手く納められるのか？　と言えば、そうではないし。

「お願いだから、これ以上はやめて――」

巻きこまれたとしか言いようのない僕には、ただ目の前で誰かが傷つくのは嫌なんだ。

これ以上怖いのは嫌なんだ。

そりゃ、英二さんを暗殺者たちの囮に使うなんて、許せないことだし。どんなにシェイクのためだったとはいっても、こんなことをしたナージさんが許せるかといえば、簡単には許せないだろうとは思うけど。

でも、これ以上誰かがどうかするのは嫌だったし。誰が一番悪いっていえば、そんなのシェイクの命を狙ってたやつらが一番に決まってるじゃん!!　僕を拉致ってこんな目に遭わせたやつらが一番悪人に決まってるじゃん!!　って思うと、

「今夜のことは、今夜のことは――じつは最初からわかってたんだ!!　僕、じつはナージさんからこっそり〝こういう作戦をしたい〟って相談されてて。英二さんに協力してほしいって伝えてほしいって頼まれてて。でも、もしも英二さんが何も知らずにシェイクのハーレムに突っこまれた

としたら、どういう反応を示すんだろう？　もしかしたら間違われたフリして浮気するんじゃ!?　って思ったから――それで黙ってほっといただけなんだ!!」

僕はついつい口から出まかせを言うにしても、もう少しマシなこと言えばいいのにってことを、口走ってしまった。

それこそ閻魔さまも呆れてそっぽ向いちゃうよっていうようなことを並べ立てて、見え見えな嘘をつきまくった。

「だから僕まであの場にいたの!!　僕もこの作戦の共犯なの!!　巻きこまれても自業自得だから、お願いナージさんばっかり責めないで!!」

「菜月さまっ」

一番驚いていたのはナージさんだった。

「菜っちゃんっ!!」

葉月は「そんな馬鹿な!!　こいつら許すのかよ!!」って、顔をした。

「菜月っ」

今まで沈黙を守っていたけど、さすがに直先輩も「それはお人好しすぎますよ!!」って言葉を濁した。

「菜月…」

シェイクは僕があのとき、一緒に何を見ていたのか知ってるだけに、複雑極まりない顔をした。

事の事情はともかくとして、君はどうして英二をこんな目に遭わせて、しかも誘惑までしたナージにそんなふうに言えるの？　って顔をした。

「――……」

ただ、当の英二さんだけは僕を真っ直ぐに見つめると、何を思ったか突然うるうるとした目で僕を見た。

「しっ、知らなかったぜ。菜月が俺に、そんな疑いをかけてただなんてぇ!!」

しかも、これを言ったら冗談抜きで怒らせるかもしれないけど。テレビドラマに出て主役までやったなんて信じられないほど、ものすごい大根役者ぶりを披露した!!

「俺の貞操を疑って、そんなことを陰でコソコソと企むだなんてぇっつっ。あうっつっ」

やっぱり英二さんって、英二さん以外のキャラには、なりきれないらしい。

あまりに浮いた演技をしてるもんだから、周囲は今までの緊張感さえ忘れて、ポカンとしている。

『英二さん…、絶対に演技では涙出ないタイプだね』

「ひどいわひどいわ、菜月さん!!」

ただ、そのあとはといえば自分丸出しで、英二さんは顔つきをお怒りモードに急変させると、

「これって、すっげぇ許せねぇことだよなっ!!」

「へ!?」

わざと指の骨をボキボキと鳴らして、僕に迫ってきた。

「俺をハーレムに突っこんで、浮気を確かめるだと!! 俺がそんなに信じられなかったのか!! 世界のスーパーモデル・ハーレムをけっぽってお前一人を選んだ俺が、たかだか一国のハーレムごときに流されると思ってんのか、お前は!! そういう浅はかなことを考えるやつは、ケツ引っぱたいてお仕置きしてやるっ!!」

僕を小脇に抱えると、本当にその場で僕のお尻をバシバシと叩き始めた。

「痛いっつっ!!」

それ、マジじゃん!! ってぐらい、容赦なく叩いた。

「るせぇ!! こちとら決死の覚悟で乗ったこともねぇ馬にまで乗って助けに行ってやったんだぞぉ!! こんな素晴らしいダーリンに対して浮気を疑うだなんて。しかも、試すだなんて。その根性、改めて叩き直してやるから、こいっ!!」

「いやーっ!! やだぁっ!! たすけてぇ、葉月っつっ!!」

僕は、もしかしたら出まかせは出まかせでも、出まかせの内容が悪すぎたのかな? って思うと、心底から葉月に助けを求めた。

「るせぇ!! 黙れ!! あ、シェイク!!」

「え…え?」

「ってことだから、悪いがもう一泊同じ客間を借りるぞ。帰国するのは明朝にするから、それまでにジャンボ一台用意しとけ。お前が俺たちを送るって言ったんだからよ」

「――――英二」

『英二さん…』

けど、それでも。英二さんはこの場を収めるために、幕引きとなる言葉は発してくれた。

このままここでいつまでも話してても埒が明かない。もう、ここまでにしようと区切りを付けてくれた。

「ついでに、ボサッとしてねぇでその男を。忠義と恋愛を分けられないまま命を落とそうとしたその哀れな男を。そろそろ医者に連れていかねぇと、取り返しがつかねぇことになるぞ」

そして僕とは別のところでナージさんと接触し続けていたんだろう英二さんは。英二さんの視点からナージさんの気持ちを見抜いていて。

「もっとも、お前が俺と刺し違えてもまだ菜月に告白してぇ。菜月が一番大事で、愛していて。こいつだけが欲しいんだって気持ちなら、そのままほっといてやることを薦めるがな。じゃないと今後のそいつに待っているのは、生き地獄だ」

ナージさんが本当は、誰を愛しているのか。

誰のために自分の命を投げ打ったのか。

そこだけははっきりと伝えたうえで、シェイクにその想いに応えられないなら、この場ではっきりとそう示してやれと言った。

切り離してやれと言いきった。

「…英二」

「なぁシェイク。お節介なようだが、ナージが付き人になって二十年だ。お前が生まれたその日から、尽くして尽くして。すべてを捨ててお慕いしてきて、二十年だ。たとえそれが特別な思いに変わったとしても、お前が皇子であるかぎり、いずれは妻子ができることにこいつも納得していただろう。そこまで見届けることが、使命だとも思っていただろう。けどな、それがたかだか出先の異国で、たまたま出会った菜月に。お前は目玉焼きどんぶり一杯で心を奪われ、舞い上がっちまったんだ。女ならともかく、自分と同じ男にだ。それを聞かされたら、さすがに自棄(やけ)にもなるし暴挙にもでたくなっても不思議はない。たとえ身代わりでもいいから俺に、そんな気持ちになっても不思議はない。人間、誰だって我慢に限界はあるだろうからな」

そして、これは多分推測。限りなく事実に近い、でも英二さん個人の想像にすぎないだろうけど。

英二さんはナージさんがたった一人でこんな無茶なことを企み、行動に出たきっかけが、そもそもシェイクの気持ちの変化にあるんじゃないか？　って。僕に対して芽生えた、想いにあるんじゃないか？　ってことを、しっかりと伝えた。

「だから、こいつの想いに応えられないなら、ここで見殺しにしてやれ。それが長年務め続けた、ナージに対しての最初で最後の恩返しだ」

叶わないのなら、死んだほうがいい。

奪われる姿を見なければならないのなら、死んだほうがいい。

けれど、同じ死ぬならせめてシェイクを脅かす者たちを道連れに。

そう思って動いてしまったとしたら、半端な気持ちで主従関係を続けるのは、ナージさんにとっては、もはや死ぬよりつらいことかもしれないぞって。

「ま、俺から言わせりゃ世の中広い。お前ほどの器量よしなら、いくらだって下僕になりたいと立候補してくるやつはいるだろうし。これからの何十年、命がけで尽くしたいと思えるやつが現れないともかぎらねぇ。だから、本気で俺たちにすまないことをした。償いたいと思うなら、ナージ、こんな恋のノウハウも知らねぇお子さま皇子は今すぐ捨てて、医者に駆けこんで新しい人生をやり直せ」

ただし、人生何も一本道じゃない。

愛も恋もただ一人きりの相手と、するものでもない。

「早乙女さま…っ」

だから、自分から気持ちを切り替えたっていいんじゃないか？

命がけの恋なんて聞こえはいいが、片想いに命をかけるぐらいなら。時には命のほうを取ったとしても、誰も何も責めることじゃない。

自暴自棄にならずに新しい道を歩いてみれば、おのずと新しい恋にもめぐり合うかもしれない。

そう言って、微笑った。

「じゃあな」

微笑って僕を小脇に抱えたまま、すっかり宮殿内を把握してしまったのだろう。英二さんは廊下に出ると、客間へと向かおうとした。

「――――っ!!」

すると、いつ話に割って入ろうかと思いながらも、タイミングを外してしまっていたんだろうか?　シェイクのお父さんであるサラ国の皇帝は、何人かの側近とともにその場でひざまずくと、何も言わずに深々と頭を下げた。

今はこうすることしか思いつかない。誠心誠意の謝罪と感謝――それしか思いつかないとでも、言わんばかりに。おそらくこの国でもっとも偉いとされる人たちが、そろいもそろって英二さんや僕らに頭を下げた。

「なんだ。砂漠の国の住民は、年ながら年中どっか向いてお祈りしてるって聞いてたが、嘘じゃなかったんだな。信仰深いこって、ご苦労さん」

けれど、英二さんはあえてそれを言葉でも態度でもスルリと躱わすと、そのまま部屋へと歩いていった。

{彼は、今なんと?}

{我々が、とても信仰深いと…}

{そうか。今宵のサラは、我が国は。砂漠の月下を駆け抜けた、異国の熱き勇者の寛容なる心に、救われたのだな}

そんな英二さんの後ろ姿を見ながら、皇帝陛下たちはその後も何度となく頭を下げていた。
〔勇者と申しますよりは、獣神のようでございましたが〕
〔我が皇子も、いずれはあのように雄々しい者に育ってくれようか?〕
その合間には、何を話していたのか、本当に最後の最後までわからない。
〔すぐにでも――――で、ございますよ〕
〔さようか…〕
けど、僕はチラチラと後ろを振り向きながらも、皇帝陛下が微笑を浮かべていたのだけはしっかり見た。
〔SOCIAL…か〕
それは一国の長としてではなく、どこまでも一人の父親としての微笑で。僕はその瞬間、今度こそ心身から緊張が解けた気がした。
そしていつか英二さんが言ってた世代交替がきたときには、なんだか新皇帝の衣装だけではなく。そこに参列するサラの人々のすべてが、SOCIALの一着を身につけているような気がした。
「ナージさん、元気になったらいっそ自分からシェイクを襲っちゃってもいいかもね」
「――――は?」
「だって、あんなに色っぽく迫られたら、ハーレムのお姉さんたちも霞んじゃいそうじゃない。すごい誘い受けだよ」

そしてそこにはシェイクを支え続ける、ナージさんがあって。

そのときには行き違っていただろう。ううん、行き違うどころか、これまで目さえ背け合っていた一つの想いを告白し合って、共有し合って。

二人で笑っているような気がした。

「あん？　それはどうだかな。あいつああ見えて、攻めだぜ」

「はい？」

「いやー、押し倒されたときは、怖かった怖かった。この期に及んで、女にされるかと思ったぜ。もう、暗殺者だろうが侵入者だろうが、きてくれてありがとう。助けてくれてありがとう!!　だったぜ。日頃の行いって、大切だよな～」

「えっ？　ええっ、そうだったのぉ!!」

ただし、そのときに二人の上下関係がどうなっているのかは定かではないけど。

『シェッ、シェイクってば、これからどうなっちゃうんだろう…。英二さんと同じ顔なのに…』

僕がモニターからだけではわからなかった事実を知ると、その後しばらくは想像しすぎて、悪夢にうなされたことは言うまでもない。

エピローグ

一夜が明けると僕らは、ようやく熱砂のサラから日本へ、心地好い我が家へと帰った。

「ただいまー」

「帰った帰った。ちょっとそこまでが何泊だよ〜、ったく」

なんだかんだといろいろあったけど、僕はCMさながらの熱砂の獣（オトコ）を。ううん、それ以上に熱い熱砂を駆ける英二さんを見て、記憶にとどめたことで、かなり機嫌は直っていた。

「――――鍋の具が」

「言っちゃだめ、英二さん。ごめんなさいしよう。おなか壊してからじゃ遅いよ。冷蔵庫に入っても、賞味期限は賞味期限だから」

けど、英二さんは家に着いたと同時に冷蔵庫を開けると、ガックリと肩を落としてしまった。

さすがに身の危険がなくなってからは、向こうでもちゃんとごはんを食べてたけど。やっぱりあっさりしたものが食べたかったみたいで。冷蔵庫に放りこんでいったお鍋の材料が妖しくなっていると、心底から哀しそうな顔をしていた。

「あ、でも卵は無事だと思うから、すぐにごはん炊いて、僕が目玉焼きどんぶり作ってあげるよ♡」

「いや、そこまで持てねぇ。今すぐ食う!!」

ただ、じゃあそれでおとなしいかといえば、そうじゃないのが英二さんで。

英二さんは冷蔵庫を閉めるなり僕に抱きついてくると、そのまま僕の体を抱き上げ、自分の部屋へと連れて行った。

「なっ、なんなのいきなり――――んっ!!」

そうそう、やっぱりこれぐらいが視界に収まっていいよね。

安心する広さだよねって部屋のベッドに僕を放り出すと、意気揚々とのしかかってきた。

「菜月…」

帰宅後の一食目は僕ですませるって、抱きしめてきた。

「もう、英二さんってば。葉月が直先輩のところに行っちゃったもんだから…」

「どうせあいつらだって、同じことしてるって。もしかしたら新手のコスとかやっててっかもな」

やっとホッとして、菜月とじゃれることができるって、いっぱいキスしてきた。

「アラブごっこはしてきたんだから、それはないんじゃない――――と、チャイムだ?」

「なんだ今頃?」

けど、そんな最中にインターホンが鳴ると。英二さんは眉を吊り上げながらも、仕方なしに玄関へと向かった。

すでに夕方近いは近いんだけど。こんな時間に誰？　葉月にしては早すぎるし…って感じだった。

「うわーっっっ!!　なんだこりぁ!!」

すると、今度は何事!?　って悲鳴が玄関から聞こえて。僕は慌ててベッドを下りると玄関先へと走った。

「英二さん!?　って、何これぇっ!!　どうして外国のお姉さんたちが、こんなところにいっぱいいるの!!」

「息子や国の不祥事を見逃してくれたせめてものお礼にと、サラの皇帝がよこしやがったんだ!!　ったく、どこの世界にハーレムをお礼によこす馬鹿がいるんだよ!!　俺が人身売買で捕まっちまうじゃねぇか!!」

そこにはざっと十人はくだらない綺麗なタイプ別のお姉さんたちがいて。

「うっ、うわ～っ。やっぱり英二さん似のシェイクのお父さんだ!!　まともに見えて、どっかすっとぼけてるよぉ」

「そこで英二さん似って言うの、やめろよ!!」

「だってぇっ」

僕らはあまりの驚きから、どうでもいいようなことを話し合っては、玄関口で抱き合ってしまった。

「英二さま～、今夜こそ逃がしませんわよ～♡」

「昨夜はつれない態度で、私たちを邪険になさって。こうなったら寝屋をともにするまでは、離れませんわよ～♡」

「そうですわ。どうか今宵より、一生お傍に置いてくださいませ～♡」

うん。あとでわかったんたけど。

この片言とはいえ、必要最低限の日本語だけはしっかりと一夜漬けで叩きこんで送りこまれてきたお姉さんたちは、囮になった英二さんが徹底的に抵抗し続け、邪険にしまくり、「ハーレムの美女」としてのプライドをいちじるしく傷つけられたことから、リターンマッチを望んできた元・シェイク付きのお姉さんたちだったんだ。

「だめーっっっ!!　英二さんは僕一人で十分なの!!　お願いだからみんな国に帰ってよ!!」

もう、こんなお礼ならいらないよ!!　犬や猫をいきなり貰ったって困るだろうに。こんな大きなお姉さんたちなんか、うちでは無理!!　っていうか。絶対に受け取れません!!　って感じだった。

しかも、ブチ切れた英二さんが皇帝陛下との間に入ってた大使の方に向かって、

「だったら女よりも金よこせ!!　地位でも名誉でもいいから、もっとすぐに使いきれるもので、あとくされの残らないものを礼に選べ!!」

って叫んだら。撤退する美女の代わりにその後サラ国からの名誉勲章と、どこを掘っても湯水のように原油が出るらしい土地の何十坪だかを絶対売却禁止条件つきで進呈されてしまって…。

「だから、すぐに使いきれて、あとくされの残らないものにしてくれって言ったじゃねぇかよ!!　何が老後の生活はぜひサラでどうぞだ!!　そんなところ掘り返すつもりもねぇのに、こんな馬鹿高い値段の、しかも売却さえできない土地を贈与されちまったら、今後俺はどれだけ資産税を払うは

めになると思ってやがるんだよ!! 石油なんてものはな、掘って出して売らなきゃ一円の儲けにもならねんだよっ!! でも、掘るのに途方もねぇ金がまずいるんだよ!! そんな金がどこにあるってんだ、馬鹿野郎!!」

もう、コールマンのジジイの跡継ぎがどうこうなんて話さえ、吹き飛ぶようなことになってしまい。三月も終わる頃には、憤死しそうになっていた。

「うーん、まさに現実は小説より奇なりですね、早乙女さん!! そうだ、次のモデル探偵早乙女英二第二弾は、熱砂の国で大暴れでどうですか!! 右も左も美女・美女・美女!! ハーレムの美女たちに迫る連続殺人事件に挑む!! どうです、イケるでしょ♡」

なのに、忘れた頃に英二さんを憤慨させるお客さま。関東テレビのプロデューサー(撮影中は、英二さんの臨時マネージャーもやったりする)の飯島(いいじま)さんがやってきては、真顔で疲れ果ててる英二さんを嬉しそうにおもちゃにするもんだから…。

「飯島!! ネタにしてんじゃねぇ!! こっちは殺されかけたんだぞ!!」

「え!? だってこのシリーズは一応サスペンスですから、主役が死にかけるのはありありですよ!! まんまいけるでしょう!! ねぇ、早乙女さん!!」

「なっ、何がねぇだこの野郎っ!!」

英二さんはようやく大学が終わって、かなり生き生きのびのびしていたはずなのに。再びギスギスでギュウギュウなスケジュールに追い立てられて、多忙な日々に振り回される予感に大憤慨すると、久しぶりに一人がけのソファを蹴り飛ばし…。

「ひぇっ!! どうしてそんなに怒るんですか!? なんでそんなにいつも怒ってるんですか、早乙女さん!!」

「わっ、わっ、英二さん!! だめだよ顔が殺人犯寸前になってるよ!! それにこれ以上モノ壊したら、税金の他にローンまで増えちゃうよぉっ!! そしたらもっと働くことになっちゃうよっ!!」

つい最近買い換えたばかりの42インチのプラズマテレビを、ものの見事にぶっ壊してはさらに自分の首を絞めるはめになった。

「うっ!!」

『あ、我に返ってる…』

どうやら僕と英二さんのラブラブ生活は落ち着いていたかに見えて、じつはまだまだ落ち着くことがない。

今後も騒ぎが絶えそうにもないってことが、この春休みにはよーくわかった。

熱砂のマイダーリン♡ おしまい♡

怒らないでね、マイダーリン♡

あれやこれやの春休み、暦は四月に入っていた。

そんな中で英二さんは、飯島さんにやたらと二作目のドラマ出演依頼をされていた。

「ですから、やりましょうよ早乙女さん。今すぐ予定入れてくださいよ、ドラマの第二弾!! モデル探偵早乙女英二、熱砂の国で大暴れ。右も左も美女・美女・美女!! ハーレムの美女たちに迫る連続殺人事件に挑む!! の、企画はすでに通ってるんですよ。予算もガッポリ取ってますし、あとは早乙女さんのスケジュールが取れれば、即行でいけるんですよぉ!! ねー、ねー、ねー」

「やなこった!! そんな暇ねぇよ!! こちとら、いらねぇところで変な休暇を無理やり取らされたんだぞ!! このうえわけのわかんねぇドラマ出演になんか、時間が割けるか!!」

「そんなこと言わないでくださいよ〜っ!! アンコール劇場では、もう再放送まで決まってるんですよ。しかも異例のゴールデンタイムに!! これってどれだけ視聴者の方が、早乙女さんをもう一度見たいと懇願したかの表れなんですよ!! こんなことは、関東テレビ始まって以来かもってぐらいなんですから!!」

ことあるごとに電話で口説かれ、夜ともなれば家までこられ。はっきりいって怒っていた。

「知るか、そんなことっ!!」

「お願いしますよ、早乙女さん!! なんならＳＯＣＩＡＬさんの次のコレクションショーの予定にブッキングさせてもいいですからぁ。新作の宣伝にもなるでしょ〜。出演料が出たあげくに、二時間もＳＯＣＩＡＬのＣＭができるんですよぉっ。これって絶対お得でしょ、ねぇ敏腕専務っ!!」

けど、飯島さんはそれでもくいさがっていた。

「専務と呼ぶな、専務と!!　お前にそう呼ばれると、鳥肌が立つ!!」

「じゃあ、これからは二度とそう呼びませんから、代わりにドラマお願いしますね」

そんな様子を見ていた僕は。押しの強い英二さんに押しまくるんだから、本当に飯島さんの押しは天下一品だと思った。

「だから、どうしたらそれが出演の代わりになるんだよ、飯島!!」

「えーと、たしか次は秋冬ものコレクションを夏にやるんでしたよね？　じゃあ放映予定は前倒しで六月頃にして。コレクションの前評判を高めたところで、コレクション当日に再放送でさらに美味しく盛り上げるって方法でいきましょうか♡　ってなるとゴールデンウィークあたりに撮影できると一番スムーズなんで、ここで一気に撮影しちゃいましょうね♡　あ、撮影ロケにはぜひ本物の宮殿なんかも使いたいんで、ぜひサラのお友達に協力要請を!!　いやいや、これは贅沢な一本になりますよ～」

勝手なことを言うことにかけては、英二さん同様で。いや、もしかしたら英二さん以上に炸裂するときもあって。僕は飯島さんと英二さんのやり取りを見ていたら、「人間、上には上がいるもんだな」って、つくづく感心させられた。

「って、だからどうしたらお前はそこまで、人のスケジュールを決めちまうんだ!!　しかも俺はあんな国には二度と行きたくねぇし、ゴールデンウィークだって仕事で手いっぱいなんだぞ!!」

ま、英二さんの人の好さがわかってしまうと、自然と怒気レベルが判断できるようになるから。けっこう怒られてても「このあたりはまだ大丈夫」ってなっちゃうのかもしれないけど…。

「それはいけませんね。働きすぎはよくないですよ。お休みはきちんと取らないと、体にも家族にも悪いですよ。菜月ちゃんもつまらなくって、可哀相じゃないですか。ここはやっぱり家族サービスかねて、撮影旅行でバカンスですね。あ、出演料安い代わりに菜月ちゃんの旅費はうちで持ちますから。これなら一石三鳥でしょ♡　決まり〜♪」

「って、勝手に決めるな!!」

「あ、詳しい進行予定が立ったらまとめてスケジュールをＦＡＸいたしますので、あとはよろしくお願いしますね。それじゃあ」

でも「自称・早乙女英二の一番着き」追っかけな僕としては、またテレビに映る英二さんが見られるのは大歓迎!!　だって生で見るのとはまた違って、不思議なカッコよさがあるんだもん♡　って感じだから。飯島さんの強引さに限っては、許す!!　って感じだった。

「飯島っ!!　ったく、なんでまたあんな馬鹿みてぇなドラマを撮らなきゃなんねぇんだよ。だいたい、そんなに飛びぬけて視聴率がよかったなんて感触、こっちには全然ねぇのに」

しかも再放送だって、再放送♡　って思うと、

『空ビデオが切れてるから、買いに行かなきゃ!!　これだけは絶対に標準で録りたい!!』

「――――あん？　どこ行くんだ菜月？」

「え？　ちょっとそこまでお買い物」

僕は英二さんの目をごまかしながらも、財布を握ると玄関まで走った。

「みかん堂か？　だったら車で送ってってやるぞ。俺もちょうど出るし」

「あ、いいよ。本当にすぐそこだから!!」

英二さんを躱しながらも、靴を履いた。

「そっか。じゃあ、気をつけていけよ。帰ってきたら留守番もよろしくな」

「はーい♡」

そして準備が整うと、マンションの外へGO!!　僕は近所にあるディスカウントスーパー、なんでも安価でそろっている「みかん堂」へと走った。

『危ない危ない。再放送まできっちりビデオに録るのがバレたら、また英二さんに呆れられちゃう。下手したら〝やめろ〟って言われて、妨害されちゃうし――』

だってこればっかりは、わからない人にはわからない心理かもしれないけど。わかる人にはたまらなくわかる、ミーハー心理だからね♡

ただ、そんな感じでフツフツしていた英二さんがさらに怒るはめになったのは、再放送が決定した四月の四日のことだった。

『それにしてもお誕生日は四月八日の潅仏会。お釈迦さまの誕生日と一緒なんて、英二さんらしいといえば英二さんらしいな、ってやばっ!! 英二さんだ!!』

その日僕は、英二さんのお誕生日まであと四日しかないよ!! 早くプレゼントを決めなきゃ!!って思って、一人渋谷の街を歩いていた。

けど、ちょうど駅前のスクランブル交差点を横断していると、偶然にもセンター街付近で、英二さんの4WDのベンツを発見して——。

『あれ? 誰か一緒だ』

僕には英二さんの他に、英二さんがかなり気を配りながらも車から降ろした同乗者を発見。しかもそれが僕が見たこともないとても綺麗な女の人——違う、男の人だったから。これは!? ってことになったんだ。

『誰だろう? 会社にあんな人いないし、モデル仲間さんかな? それとも、大学時代のお友達?』

相手の人は、まるで男装の麗人? に見えなくもない。可愛(かわい)いんだけど、でもどちらかというなら綺麗って、素直に思ってしまう。そんな英二さんと同じぐらいの年の人だった。

「あ、こっちこっち。こっちに新しくオープンしたんだ」

「へー。そうなんだ」

僕は衝動的に声の聞こえる距離まで近づくと、英二さんたちには気づかれないように、こっそりあとをつけていた。

『あ、こんなところにプチみかん堂がある——って、買い物するの!?』

するとえい二さんたちは、センター街の中にさりげなくコンビニ感覚で新規オープンしている、みかん堂へと連れ立って入った。

たしかみかん堂には、もともとコンビニならオレンジストアという姉妹店があったはずなんだけど。新しくできていたそれは、ちょうどその二つの間を取ったような規模というかんで。狭い敷地に建っていた細長いビルの、五階丸ごとがお店？　みたいなストアだ。

店の前には人が並んでいる。これから何かあるんだろうか？　もしかして、タイムセール？

『英二さんがこんなところに付き合う人って…、いったいどういう関係の人なんだろう？』

僕は不可解な気持ちになると二人のあとを追い、しばらくは電信柱の陰から見守った。

だって、これで相手が見るからにどっかの高級マダムで。それで気取ったレストランやブティックにでも入ったっていうなら、相手はきっとお得意様なんだろう。仕事関係者なんだろうって、まだ違和感なく思えるんだけど。普段着の男の人とスーパーマーケット!?　しかもディスカウント!?　ってなったら、ひたすらに嘘ぉ!!　これってどういうこと？　って感じだったから。

『あ、相手がチラシだして英二さんに指示してる…なんだろう？』

なんせ、本人根が庶民的だから忘れがちだけど、英二さんはもともとアパレルブランドの御曹司で、そのうえモデルさんだ。ってことは、お友達関係にも自然にお金持ちさんとか芸能関係者が多くて。僕は英二さんのお友達っていうと、これまでには季慈さんやライラさんみたいな「一般庶民からはどこかかけ離れた生活観」を漂わせている、そういうムードの人しか知らなかったから。

『あ、お店の人が出てきた。これから始まるのかな？』

だから僕は目にした光景に、本当に驚いたんだ。

「じゃあ、このチラシに丸のしてあるのをひととおり頼むからな!!　買い損じるなよ、早乙女!!」

「よっしゃあ!!」

お店の人の開場の合図と同時に、なみいるおばちゃんたちに紛れて突入していった英二さんと一緒にいた美人さんをさらに追いかけつつも、唖然だったんだ。

『うそーっっっ!!　英二さんがチラシ片手に特売のトイレットペーパー買ってる!!　ティッシュペーパーも買ってる!!　おまけに、なんかいかにも本日特売、お一人様一点限りっぽいお醤油(しょうゆ)やサラダオイルもすかさずゲットして——しかも、一度レジ回って二度目にまで突入してる!!　お一人さま一点を二度も買ってるーっっっ!!』

「へへへっ。お姉ちゃんの顔見たくて、もう一度きちまったぜ♡」

「いやん。何度でもきてぇ～♡　なんなら普通の棚から持ってきても、特価でレジしてあげちゃうん♡」

『そのうえレジのお姉さんにフェロモンまで飛ばして、もぉ英二さんってばっ!!』

だって、だって。こんなのこれまでのパターンとは、全く違うよ!!　これどういうこと!?　って姿を、僕は見てしまったから。

「おお、さすがは早乙女。使えるー♡　誰かさんと違って、自力で二周も回るだなんて。やっぱりお前に付き合ってもらって正解だよ〜♡　これぞ正統派のバーゲン制覇!!」

「当然でしょ。あ、荷物持ちますよ」

「サンキュ♡」

これじゃまるで同棲中の恋人同士じゃん!!　ってふうにも見える姿を、見てしまったから。

「それじゃあ、付き合わせたお礼にごちそうしてやるよ」

「え？　いいっすよ」

「いいからいいから、ここの意外といけるんだよ。ミルクが北海道直送でさ。ほら♡」

しかも、極めつけに。いくら両手が買い物荷物でいっぱいだったとはいえ。そのお礼だとか言われて相手の人にソフトクリームを買ってもらうと、「ほら」とか言われて差し出されたからって…口を開けて———。

「あ、どうも」

英二さんが「どうも」とか言ってソフトクリームを、あ〜んして食べたところまでしっかり見てしまったから!!

「な。いけるだろう？」

「本当だ。うまいっすね」

「だっろー♡　んじゃ、車に戻ろうぜ」

僕はその瞬間、ドカンとキレた。

『えっ、英二さんっ!!　今、うまいって言った!?　うまいってぇ!!』

そんなことは僕としかやっちゃいけないことなんじゃないの!?　それってずいぶんなんじゃないの!?　って感じて。思わず目の前にあった看板を、蹴(け)り飛ばしてしまった。

「あっ!!　何すんだよ、このガキ」

「うるさいな!!　邪魔だったから蹴ったんだよ!!　怒るならこんなところに置くなよ、ここは歩道だ!!」

「失礼しましたっ」

「ふんっ!!」

ちょっと前の僕なら「ひどいよ、英二さんっ!!」って、泣き出していたかもしれないようなことだったけど。日増しに逞(たくま)しく育っていた僕は、最近では「泣き寝入り」という言葉からは、遠く離れた人間になっていた。

『これって浮気だよっ!!　しかも現行犯だよっ!!』

なので。僕は僕に内緒で、こんな綺麗な人とお知り合いだった。しかもスーパーで楽しそうにお買い物して、ソフトクリームをあ～んまでするような男の人と、お付き合いがあった!!　そういう英二さんに「なんかしてやる!!」って思った。

『もー、逮捕してやるっ!!』

そしてなぜかセンター街の出店で「おもちゃの手錠」をみつけると、衝動的に買って帰った。

『今夜は浮気の取り調べだっ!!』

たしか予定では英二さんへのバースディープレゼントを…ってはずだったんだけど。看板を蹴り飛ばして勢いづいた僕は、どうしてか「今夜はお仕置きしてやるっ!!」って、英二さんみたいな発想になったんだ。

「ええっ!! 早乙女の浮気が発覚したから、お仕置きする!? だから今夜は直先輩のところに泊まりに行けって…菜っちゃん!! それって何ごと!?」

もちろん、僕の計画を聞いた葉月はビックリ仰天してた。

「浮気ってところまではいかないけどね。じつはすっごい美人で超親しいお友達がいたことを、僕に隠してたことが発覚したから、ちょっと因縁つけちゃうだけ!!」

「因縁って…」

自分はとっくに直先輩と「スカポリごっこ」とかやってるくせして、僕にはどうしちゃったの? って顔もした。

「大丈夫だって。喧嘩するわけじゃないから。ただ浮気したわね、許さないわよあなた!! ごっこを僕から仕掛けるだけ。ついでにきちんと説明しなかったら、実家に帰ってやる!! って脅かすだけだから」

「実家って菜っちゃん…。実家イギリスなのに?」

けど、僕は今日の目撃に対する憤慨を黙って胸のうちに――――なんてことはしたくなかったし。英二さんにはちゃんと「僕、今日のはショックだったし、嫉妬したんだからね!!」ってことだけは、はっきりと伝えたかったから。変に重たくならずにブーイングをする方法として、こういう馬鹿な方法をあえて選んでみた。

「いいの!! ものの例えなんだから、突っこまないでよ」

「はーい。わかった。じゃあ、今夜は僕直先輩のところに泊めてもらうけど…。もしもあいつとなんかこじれたりしたら、遠慮しないで連絡ちょうだいよ。すぐに助けにくるからさ」

普通に切り出すよりは、絶対にインパクトはあるはずだし。その分英二さんにはいつもより「わかったよ。こういう相手はちゃんと前もって、菜月に紹介するようにしておくよ」って、植えつけられると思ったから。

「ん。ありがと。わがまま言って、ごめんね」

「どういたしまして。そのかわり、あとでどうやって因縁つけたか教えてね。ま、いきなり手錠かけられたら、あいつがどれほど慌てるかは想像つくけどさ♡ じゃあ、行ってきま～す」

ただ、こういう行き届いた用意をしてるときに限って、僕のツメは甘かったりして。

「あ、それはそうとビデオの予約しておかなきゃ。再放送、再放送♡」

僕は葉月をまんまと家から追い出すと、英二さんが帰ってくるのを待ちながらビデオの予約をセットをした。

「で、どこでお仕置きしちゃおうかな。やっぱり不意をつかないと、逆に僕のほうが〝おお、気が利くじゃないか菜月♡〟とか言われて、かけられちゃいそうだし…」

ついでに、おもちゃとはいえ初めて手にした「手錠」なんかも、入念にチェックしたりした。

「って、あ」

けど、そういえばこれってどれぐらい効き目があるもんなんだろう？　おもちゃだけに「えいっ!!」とかやったら鎖が簡単に壊れるようじゃ、なんか無意味だしな…なんて思って。試しに自分にかけてみたんだけど――――。

「へー、けっこう頑丈なんだ。これなら英二さんでも、力ずくでは取れないな。よしよし、って。あ、しまった!!　鍵をリビングに置きっぱなしにしてきちゃった!!　外れない!!　外れないよ、どうしようっっっ!!」

よりにもよってベッドの飾りポールに片側を、そしてもう片側を自分の左手首にかけたまま、鍵を別の部屋に置き忘れてきたもんだから。僕は英二さんの部屋のベッドに、自分を捕らえるはめになってしまった。

「助けて葉月ぃっ!!　どうしよう葉月ぃっ!!　やーん、取れないよぉっっっ!!」

こんなことなら葉月がいる間に試すんだった!!　自分が逮捕されてどうするよ!!　ってことになってしまったんだ。

「あ、そうだ電話――――って、届かない!!　うっそーっ!!」

それどころか、たまたま英二さんが帰宅したのが普段より早くなければ。

「ただいま〜、っと。菜月？　葉月？　いねぇのか？　うまいソフトクリームがあったから買ってきてやったのに…」

僕は何時間も何時間もベッドにつながれたままの姿勢で、いなければならなかった。

「あーっ、やっと帰ってきた!!　助けて英二さんっっっ!!　英二さんっ!!　英二さんっっっ!!」

「―――なっ!!　なんだその姿は!!」

「説明はあと!!　トイレ我慢してるの、早くコレ外してっ!!　鍵はリビングテーブルの上にあるから!!　お願い早くっ!!」

「げっ!!」

そのうえ、高校生にもなって「お漏らしをした」という、半永久的にいじめ倒されるだろうネタを、自ら作ってしまうところだった。

『は〜っ。死ぬかと思った』

それだけはまぬがれたから、本当によかったけど。

『助かった〜っ』

「菜月〜。なんなんだよ、この騒ぎは。しかも、この手錠はよ!!」

『いや、全然助かってないかも』

でも、それでどこまでよかったのか、助かったのかといえば。大したことはなくて…。

「ふ～ん。それで俺にお仕置きねぇ～」

「怒らないでっ!!　怒らないでっ!!　英二さんっ!!」

「いやいや、怒ってなんかいやしねぇさ。ただ、なんだ菜月もずいぶんと物わかりのいい発想をするようになったじゃねぇかと思って」

「本当？」

「ああ。ただし、どうせだったらコスチュームつきでやってほしかったと思ってよ。せっかく俺が飯島に交渉して、少ない出演料の補いに魅惑の制服セット♡　警察官から国際線パイロットまでずらりとそろえた、ごっこ衣装一ダースセットを奪い取ってきてやったんだからよ～♡」

　僕は外した手錠を突きつける英二さんに事情聴取を受けると、昼間の目撃のことからお仕置きの企画まで全部白状させられ。しかも改めて英二さんの部屋に連れて行かれると、「お前のほうこそお仕置きだ」と言って、ベッドの上に転がされた。

「は!?　何それっ!!」

「言葉のままだ。ドラマ制作で使うフリして、お前のサイズに合わせてひととおりの制服を作ってよこせと要求したんだ。ちなみに、飯島が勝手に気を利かせたのか、同系の女コスバージョンも貰ったんだがな、それはくる途中で全部直也にくれてやってきた。俺はやっぱり素の菜月でイキてぇからよ。同じコスならまんま男物のほうが萌えるからな～ってことで、逮捕してもらおうか♡」

　そのうえ目の前には、次々と「作ってもらってきた」という衣装（全部制服系!!）を並べられて。

その中からお巡りさんの制服を手にされて、「着ろ!!」って突きつけられた。

「いっ。いやだーっ!! ごめんなさいっ!!」

しかも、制服の上だけ。下は何も着るなって、注文つきで。

「ほらほら、いいから着てみろよ。浮気を疑った償いはしてもらわねぇとよ」

これって、丸ごと女物の衣装を着せられるのと、どっちがマニアなんだよ!! って考えたら。そりゃどっちもどっちでしょって世界だった。やっぱり英二さんってば、英二さんだった。

「って、その浮気の事情説明してもらってないのに、こんなカッコできないよ!! 英二さんが綺麗な人とお買い物してソフトクリームあ〜んしてたのはたしかなんだから、たしか!!」

ただ、そんなカッコされられるのに。僕は肝心な説明というか、釈明をまだ受けていなかったから。やれというならやってもいいけど、せめてあの人がどういう人なのかを説明してよ!! って切り返した。僕が知らない昼間の人が、せめていったい誰なのかをはっきりさせてよ!! って。

「ああ、遥(はるか)さんか」

すると英二さんは、相手の人が「遥さん」という名前。しかも英二さんが「さんづけ」で呼ぶほどの人だと、まずは僕に教えると。その後はチラリと時計を見てから、まだ針が七時を回ったばかりなのを確認した。

「――――ま、この時間ならまだ許されるか。顔だけ出して帰ってくればいいことだしな」

そして一人で何かを納得すると携帯電話を取り出し、そのままどこかに電話を入れた。

「ああ、俺です。今自宅なんですけど、これからそっちにお邪魔して、ちょっと五分だけ寄らせてもらっていいですか？　もちろん邪魔はしませんよ、こんな日に。ただ、昼間用事を言いつかったおかげで、浮気の疑いをかけられてるもんで、それは違うと証明してほしいだけなんです。え？　笑いごとじゃないっすよ。それじゃあ、頼みますね」

『いったい誰に電話してるの!?　もしかしたら、あの昼間の綺麗な人!?』

やっぱりどう見ても親密そうな、やけに親しそうな口調の英二さんを見ていると、僕はムムッて感じだった。家族や親戚ってムードでもないのに、この親しさって何!?　って。

「行くぞ、菜月。お前が見かけた美人とかってやつに、これから会わせてやるから。しかも、亭主までセットにしてな」

ただ、僕がこんなにムカムカしているのに、英二さんは一人でクスクス笑ってて……。

「――――亭主!?」

「ああ。どうせお前の凝り固まったイメージがあるところで説明しても、必ず〝うっそー〟って言うのは間違いないからな。だったら直に見せたほうが早ぇからよ。俺たちでさえ負けちまうような、ラブラブっぷりをさ」

「ラブラブっぷり？」

僕にはさっぱり意味不明だよってことを言い続けると、それ以上の説明はいっさいせずに、僕を車に乗せて都下へと一時間ぐらい走った。

英二さんが通ってた東都大学のある土地を、少しばかり通り越して。やっぱり私立ではかなりなレベルだとされる聖志館大学の傍にある、高級マンションへと連れて行った。

「やぁ、いらっしゃい。菜月ちゃん。早乙女もご苦労さん」

ただ、そんな高級マンション（確実に億ションっぽい）のペントハウスの表札には、意外にも〝TACHIBANA〟のプレートがあって。

「ども、すいませんね。こんな時間に」

「いや、いいんだよ」

その扉を開いて優雅にニッコリしたのは、あの橘季慈さんで。

「よお、早乙女。昼間はありがとね」

しかもその背後から顔を出したのは、間違いなく昼間の美人だったんだけど。

「えっ、ええ!?　うっそぉっ!!　この人が季慈さんの奥さんなの!?　だって特売品買ってニコニコしてたような人だよ!?　しかもお一人様一点限りみたいな超特価品を!!」

僕は英二さんが言ったとおり。本人たちをそろえて見たって言うのに、「うっそぉ」って言ってしまった。そりゃ、二人が並んだ姿は圧巻なほど見目麗しいカップルだけど。でも、遥さんのこの〝いかにも英二さん寄り〟なムードというか、〝がらっぱち加減〟というか。何よりあのお買い物風景からは、季慈さんみたいな人を隣に置くことが、想像できなかったから。

これが僕の頭の中にできあがっていた〝勝手なイメージ〟なのかもしれないけど。でも、この人の素行から、この季慈さんって人は、僕には思い浮かびもしなかったから。僕は英二さんに思いきり、「菜月、失礼だぞ」って眼で怒られてしまった。

「あ、ごめんなさい」

ただ、そんな僕の失言に、遥さん本人は怒ることなくプッと吹きだした。

「あっ、いいよいいよ、別に。謝ることじゃないって。第一、買い物してたのはたしかだし。僕のあの姿から余所(よそ)行きのこいつを連想するのは、そうとう難しいと思うからさ」

そして傍にいた季慈さんには、「お前が外で気取りすぎなんだよ！」って言いつつも。もう一度僕の顔を見たときには、さらりとわかりやすく「季慈さんへの想い」を口にしてくれた。

「でも、この家の家計預かってるの、僕だから――」

この家の家計。イコール、季慈さんが一生懸命働いて得たお金を預かってるのは、この僕だから。だから、意識して無駄は出さないようにしてるよ。たとえ一円でも十円でも、同じものを買うなら安いところに行くよ。そのためには特売場にも行っちゃうし、使える同行者はありがたく使っちゃうよって、すっごく素敵な笑顔で伝えてくれた。

「あ…、そうですよね。僕も、バーゲン行っちゃうし。お一人さま一点のときには、弟も連れて行って、少しでも生活費を浮かそうって思いますもん。僕、扶養家族だし」

それって君と同じ気持ちじゃない？　早乙女を好きな君と、何も変わらないんじゃない？　って。

そう言われたらそうだったたって笑顔を、遥さんは僕に向けてくれた。

「でっしょー♡　ただし、僕の場合は生活費は割り勘だからさ。節約してるのは、あくまでも自分のお金だけどね♡　な、季慈」

「まぁね。遥は昔からお金に関しては、特にしっかりしてるから。ただ、特売のチラシ見ると行きたくなるのは、ただの趣味だと思うけど」

それがすべて「季慈さんへの愛」だと思ったのは、ちょっとだけ僕の勝手なドリームみたいだったけど。

「あっ、はぁ…。そうなんですか。趣味ですか…」

でも、きっと99％は季慈さんのためだ。付け加えた言葉は単なる照れ隠しだ。

「いいじゃん別に、無駄遣いが趣味よりはさ」

「言ってみただけだよ。そんなにムキにならないの。愛してるよ、遥。ｃｈｕ♡」

そしてもしも残りの1％が自分のためであったとしても、それはずっと遥さんが季慈さんと一緒にいるための、二人の生活を守るための、そういう自分自身を維持するためだろうなって僕には感じられたから――。

「やっ、やめろよ、馬鹿っ。人前で!!」

「いいじゃないか、頬にぐらい。それに、菜月ちゃんの〝早乙女の浮気疑惑〟の誤解を解くためには、これが一番手っ取り早いって♡」

「んなもの、一緒に暮らしてるの見せるだけで十分だろう!! もぅ!! くっつくなよ!!」

『うわ〜本当にラブラブだよ。しかも季慈さんの甘さが、これまで見てきたよりも五割増し〜。それに遥さんのテレテレぶり、なんか可愛い〜♡』

僕は「わかったか!! これで」って、目だけで訴えてきた英二さんに向かってコクコクとうなずくと。英二さんへのムムッていうのは、一気に解消し。この場では「ごめんね」って言う代わりに、そそっと腕に腕を絡めた。

そしてギュッてすると、「僕たちも帰ってラブラブしよっか♡」って態度を取った。

この際、ちょっぴりだけど妬いたお詫びに、今夜はどんなコスでもしちゃうから♡ って。

「あ、そうだ。それより遥、そろそろ時間じゃない?」

「あ、たしかに。もう九時だ!! せっかくの再放送まで見逃したら、洒落にならないや。あ、早乙女。そんなところに突っ立ってないで上がりなよ。これからお前のドラマの再放送観るんだ♡ よかったら一緒に観ようぜ」

とはいえ、こっちはこっちでイチャイチャしていたところで遥さんから、思わず「ハッ!! そうだった!! 英二さんのドラマ!!」って、思い出すようなお声がかかったもんだから。

「え!? ご一緒させてもらっていいんですか!? ここで再放送観せていただけるんですか♡」

僕はビデオをセットしてあるにもかかわらず、ついつい目をキランってさせてしまった。

「あ、いいですよ。帰ります。今日は遥さんの誕生日じゃないですか。だから季慈さん、俺に遥さんを少しばかり連れ回して、パーティーの準備がバレないようにとかなんとかって言ってたんだから。お邪魔になるから、帰りますよ。な、菜月」

「え？　あ…はい。帰ります」

けど、僕は英二さんの口から、「なんだ、そういう理由で遥さんと一緒にいたんだ」「今日は遥さんの、お誕生日だったんだ」ってことを聞くと、即座に諦めてしまった。そりゃ二人っきりのほうが盛り上がるよね。さらにラブラブに違いないよね、って思ったから。

「え？　ああ、それなら気にしなくていいよ。もうそのパーティーは終わって、帰ってきたところだし。むしろ時間があるなら、一緒に観ていってよ。出演してる本人と一緒に見たほうが楽しいし。なんなら泊まっていけよ。なぁ、季慈」

「そうだよ、早乙女。菜月ちゃんもいることだし。せっかく遠出してきたんだから、今夜はゆっくりしていきなよ」

「はっ、はぁ」

でも、その主役の引き止めにあっては、断わるのもねぇ？　ってことになると。

「さ、観よう観よう。菜月ちゃん、おいで」

「はい♡　おじゃましまーす♪」

僕はやっぱり「ドラマ見たさ」も手伝って。靴を脱いで上がらせてもらうと、英二さんを置き去りにして、ほくほくと遥さんのあとをついて行ってしまった。

「さ、早乙女」

「はい…」

いかにも「あれをここでそろって見るのは、いやだな～」って顔に書いてある英二さんには、背中で「ごめんなさい!!」だったけど。我欲に負けた僕は、広々としたリビングの大型テレビの前に。それこそ遥さんの隣にちゃっかりと特等席をキープすると、始まった再放送をキャーキャーしながら観始めてしまった。

「あっははははっ!! 馬鹿ってでぇい!! なんでこんなに早乙女ってナチュラルに馬鹿なんだろう!! 何が、一発いっちゃう？ 朝までやっちゃう？ だよ。もう、何度見てもおっかしーっ!! これ絶対に台本にないだろう？ アドリブだろう？」

「そうです。そうなんですよ。もー、英二さんってば。何しゃべっても英二さんで、カッコいいでしょう!! これは絶対に、英二さんじゃなきゃできない役だと思うんですよねぇ!! だって、最初から最後まで、演技なんか一つもしてないいんですから～♡」

「あっはははっ。だよねー!!」

僕と遥さんのはしゃぎ方とでは、かなり種類が違うけど。それでも世界は和気藹々（わきあいあい）♡ すっかり意気投合♡ って感じで、僕らは二時間ドラマ中大はしゃぎをしていた。

「ありがとう、早乙女。こんなに遥が喜んで観てるドラマは珍しいよ」

「それって、俺が単に笑いものになってるだけなんじゃ…」

「人を笑わせるのも立派な才能の一つだよ。僕はただ、君が多才なだけだと思うよ」

「ものは言いようっすね、本当に」

「まぁまぁ」

季慈さんも最愛の遥さんがご機嫌なためか、今まで会った中でも一番ニッコニコだった。

『季慈さん…本当に遥さんのことが好きなんだな♡』

見てるだけで、僕まで照れくさくなってくる。

「はー、面白かった。って、あ!! またビデオに録るの忘れちゃったよ!!」

けど、そんなドラマが終わって。遥さんがさんざん笑って痛くなったおなかを抱えつつも、これは一大事!! って声を発したときだった。

「え? またセットし忘れてたのかい? それじゃあまた日を改めて、再放送してもらわなきゃいけないね」

僕と英二さんは、何やら聞き捨てならないことを季慈さんの口から聞くと、「え?」「何!?」って同時に声を発し、思わず顔を見合わせた。

「ごめーん。うっかりしてた」

「いや、いいけどさ。でも、次はさすがにゴールデンタイムの再放送は無理かもしれないから、いっそDVDにでもして発売してもらおうか? どうせ第二弾も予定が立ってることだし」

季慈さんはなんでもないようにシラ〜って話をしてるけど。それってもしかして!? って話を耳にすると。僕は青ざめていく英二さんを見ながら、顔が引きつってくるのを止められなかった。

「え、そうなの？　これシリーズ化するんだ」

「ああ。君がすごく楽しそうだから、番組のプロデューサーには好きなだけ作っていいって言っておいたんだ。まぁ、製作そのものは早乙女のスケジュール次第だろうけど。予算に関してはいくらでも出すから、ぜひ楽しいものを作ってくれってね」

そう。このときになって初めて僕らは知ったんだ。

飯島さんが言うほど英二さんは、視聴率がよかったとは感じられないって言ってたけど。このドラマに関しては、どんなに視聴率が悪くても、いや、なくてもOKだったんだって事実を。

「ラッキー♡　こういうときだけはスポンサーサイドにいるのも役に立つもんだな。よかったな、早乙女。楽しみにしてるから、頑張れよ!!」

「ってことだから、頑張ってね。早乙女」

たとえ視聴率が0・0000001%なんて数になったとしても。このドラマシリーズに関してだけは、スポンサー側から中止されることだけはまずなくて。それどころか、たとえ日本中どころか世界中で放送したのに、たった一人の人間しか見てなかったよ!!　って事態になったとしても。その一人が遥さんであり。遥さんが「これは楽しい!!」って喜びさえすれば、このドラマは季慈さんという大手スポンサーのおかげで、延々とシリーズ化し続けてしまうんだ。

「――――なっ、あんたたちは!!　何が頑張ってだ!!　冗談じゃねぇよ!!」

「あっ!!　怒らないで!!　怒っちゃだめだよ、英二さんっ!!」

「るせぇ!!　こんなやつらのために、あんなくっだらねぇドラマなんか続けてられるか!!」

ただし、遥さんを喜ばせつつも、じつは自分もちゃっかり英二さんで遊んで楽しんでいるだろう季慈さんに対し、英二さんが本気で爆発さえしなければ。

「え!?　でも僕も嬉しいし、楽しいよ♡」

「何っ!?　今なんて言った、菜月!!」

その前に、英二さんがこの春の出来事の一連をひっくるめ、僕に大ギレして「とうとう犯罪者になっちゃった!!」なんてことにさえ、ならなければ…だけどね。

「あ────、だから怒らないで」

「聞こえねぇな」

「怒らないでってば英二さん!!　ごめんなさいっ!!　ごめんってばーっ!!」

ちなみに手錠片手にわたわたと予約していたせいか、帰宅した僕のビデオには無情にも裏番組が入っており。そのことが決定打になって、英二さんのドラマのDVD化は確定。僕がさらに英二さんから怒られ、しばらくは「制服系ごっこ遊び」の餌食(えじき)になったことだけは、ここに追記しておく。

くすん。

怒らないでね、マイダーリン♡　おしまい

■あとがき■

大変お久しぶりでございます。日向（ひゅうが）です。本編が終了しまして、約十四ヵ月ぶりのマイダーリン♡シリーズ、番外編をお手にしていただき誠にありがとうございました。

今回は日向念願の「熱砂（ねっさ）の獣（オトコ）・本場編」です。って、単にアラブ衣装の英二（えいじ）が見たい。砂漠を走る英二が見たい。何より一度砂漠舞台モノを書いてみたい。という妄想だけで創（つく）らせていただいた一本なので、なんともはやな感じはいたしますが（笑）。とりあえずは贅（ぜい）を尽くしたアラビアンナイトチック・メインディッシュにお口直しのジャパニーズお茶漬け一杯。おかげでページ枠もいっぱいいっぱい（苦）みたいな一冊を目指してみました。そしてダーリンの姉妹本？（兄弟本？）の『誘惑』でもやっと主役の二人がカップルになったので、晴れて遥（はるか）さんもこちらに登場です。季慈（きいつ）が出てきたときから「遥は出てこないんですか!?」とお手紙を下さった方々、ご満足いただけたでしょうか（笑）。遥さんはこのとおり健在ですよ。なので、丸々一冊隅から隅まで、楽しんでいただけたら何よりだなと思います。

さて、個人的な近況だけを申し上げるなら、今年も去年並みにボコボコです。しかも今年は自分にきたか…という感じで、春頃から何がどうとはいえないスランプに落ち、多少は回復したかな？と思ったときには長梅雨（つゆ）に負けて毎日発作でへたり。極めつけにきたのがぎっくり腰。攻めさまだったら間違いなくＢＬ界から追放されそうな情けなさに、苦笑しまくりでした。いや、昔背中は痛めたことがあるのですが、腰もつらいですね（涙）。周りにたまたま経験者の方や元整形外科の看護婦さんといった方々がいらしたので、適切なアドバイスをいただき、どうにかこうにかでしたが。本当にその節はありがとうございました（って、今じゃん・笑）。

ただ、そのために。またもや編集さんにはご迷惑かけまくりでした。担当さまたち、本当に心労おかけします。香住ちゃん、いつもいつもごめんなさい。なのに今後には『誘惑』第二部とかあって、まだまだご迷惑かけまくりですが、どうかよろしくお願いいたします。そして、今年分がどうにか無事に終わりましたら、ご飯でもご一緒しましょうね。日向、最近になって少しだけ飲酒復活いたしましたので。飲んで暴れるのは禁止ですが、飲んでクダ巻くのはOKです。どうか「テメェが遅れるから悪いんだよ!!」と心ゆくまで愚痴ってください。今年の愚痴は今年のうちに…（笑）。

ということで、次回のオヴィスさんでは「誘惑シリーズ第二部」をお届けさせていただきます。タイトルはまだ決定してないのですが、どっちもバリバリと働いている季慈と遥の恋物語。ホテルマンデリンを舞台に、恋も仕事もスイート&ディープにいきたいと思います♡　ちなみにマイダーリンとは時代が違うので、誘惑はまだ旧世紀。高校生だった英二と大学生だった季慈が初めて出会う!!　なんて、今度は若い英二が友情出演するところもあったりするので、本誌に引き続きお手に取っていただけると、嬉しいです♡

それでは、またお会いできることを祈りつつ――――。

日向唯稀♡

■初出一覧■

熱砂のマイダーリン♡／書き下ろし

怒らないでね、マイダーリン♡／書き下ろし

日向唯稀先生、香住真由先生にお便りを

〒101－0061東京都千代田区三崎町3－6－5原島本店ビル2F

コミックハウス　第5編集部気付

日向唯稀先生　香住真由先生

編集部へのご意見・ご希望もお待ちしております。

著　者 ―――――――― 日向唯稀

発行人 ―――――――― 野田正修

発行所 ―――――― 株式会社茜新社

〒101-0061　東京都千代田区三崎町3－6－5

原島本店ビル1F

編集　03（3230）1641　販売　03（3222）1977

FAX　03（3222）1985　振替　00170-1-39368

http://www.comic-house.co.jp/users/ovis/

DTP ―――――――― 株式会社公栄社

印刷・製本 ―――――― 図書印刷株式会社